龍應台的香港筆記

龍應台 著

目錄

十五週年珍藏版序

香港你往哪裏去？

玉蘭花

十五週年珍藏版序

只要還有樹

《香港筆記》的文字，是從二零零三年開始寫的香港關懷和觀察。在十五、六年後的今天重讀，覺得揪心。

二零零三年初到香港，立刻關注的是西九文化區的發展。那時的西九，還在討論建築概念的階段，政府甚至打算要建一個巨無霸、鋪天蓋地的天篷。香港非常嫻熟於硬體建設，一出手就是要國際「大師」級的設計，但是很少人在討論內容。

不是應該由內容來決定外殼，而不是由外殼來決定內容嗎？怎麼會建築先行呢？我覺得奇怪。

帶着對香港的情感和自許的責任心，認真地提出建議，提醒決策者為香港做長程的、從根部出發的思考：

二零一二年十五歲的人，此刻正是眼睛亮晶晶小學一年級的孩子。我們正為他建造西九龍，讓他十五歲時和父母或老師或朋友買票進場。規劃西九龍的這一代人是不是需要思索：究竟香港要教出甚麼樣的下一代呢？

聽普契尼、背莎士比亞、讀倫敦報紙、談英國政治的香港人？還是看帝女花、讀唐詩、辯論中國民主的香港人？是東西兩種文化底蘊都很紮實而揮灑自如的香港人，還是兩邊都腳不着地、心裏覺得很空的香港人？是隨時拿出護照準備奔向他方的香港人，還是認定了這塊土地、準備創造嶄新的「香港文化」來面對世界的香港人？

在國際競標的過程之中，主要競標者的國際「大師」之一特別來訪，希望聽聽我的想法。我反而想聽聽他的說法：「你依據甚麼內容定位去思索建築空間呢？」

他回說，這正是他的困擾，因為業主似乎認為內容也要由競標的建築方提出。

「建築方怎麼會知道香港需要甚麼文化內容呢？」我問。

「是的，」他有點無奈，說，「做出最美的建築不難，可是我們怎麼知道香港的文化深層脈絡和未來走向……」

十五年後回首，二零一二的預定完工日期大大延後了，兩百多億的預算大大增加了。但這都算正常；如此規模的文化工程，多半會超過預期的時程和預算。

讓人沉吟的是，二零零三年「眼睛亮晶晶小學一年級」的香港孩子，現在二十二歲了，剛好大學畢業。在這十五、六年中，他，變成了甚麼樣的人？是「東西兩種文化底蘊都很紮實而揮灑自如的香港人，還是兩邊都腳不着地、心裏覺得很空的香港人？是隨時拿出護照準備奔向他方的香港人，還是認定了這塊土地、準備創造嶄新的『香港文化』來面對世界的香港人？」

港大柏立基學院的院落裏有一株高大的木棉樹。每年在廊下駐足，就為了看三月的滿樹木棉紅花盛放。木棉花的奇美，在於豪華大紅開在無葉枝幹上，襯着花紅的不是複雜綠葉，而是簡單枯枝，越顯出花的風華獨霸。

可是今年春天，一抬頭看到的竟是滿樹綠葉——花，庸碌地夾雜在紛紛綠叢裏。

大氣候變了。暖化，使得葉子急急衝出，與花同時。於是葉與花搶食養分。一環扣一環的後果是，花因此體質弱了；花弱了，花粉少了，倚賴花粉補強身體的八哥，體質也弱了；八哥弱了，吃蟲的力氣小了，蟲就影響了木棉樹本身的成長，於是樹也不健康了。一個循環下來，整株木棉樹的生態就逐漸敗壞。

大氣候若是壞的，大氣候籠罩下的花、葉、鳥、蟲、樹、土，和空氣，以及廊下彷彿無關的賞花的人，其實沒有一個環節能夠獨自地美好。

我們都在樹下活着；必須相信，只要還有樹，就沒有放棄的理由。

二零一九年四月二十四日

香港
你往哪裏去？

我的香港，我的台灣

二零一二年十二月一日，在香港大學的演講

一個大學的誕生

港大在一九一二年正式招生，到今天整整一百年。一百年前是個大動盪的年代，而小島香港是個革命輸出地，軍火從這裏偷偷運到廣州去，準備一次又一次的起義。那是一個每天都有追捕、流血、暗殺，風聲鶴唳不安的時代。奇怪的是，為甚麼在那樣一個動盪不安的時局下，竟然有人一心一意地在討論如何成立一所大學？這需要多麼長遠的眼光，多麼大的實踐的魄力？

我們今天的演講是在香港大學老樓的陸佑堂大廳舉行的；這個大廳有很多故事，一個一個的故事串起來，就是一部大歷史。很多人說，香港大學是一百年前英國人創設的，其實這簡化了事實。我給大家看一份一九一零年的文件。為了創辦大學，當時的英國總督盧押開始募款，他找了兩廣總督張人駿。這文件是總督為創建港大而發出的募款呼籲書：

> 己酉。春。港督盧制軍抱憾於香港學業未有專門，教育未達極點，慨然以提倡為己任。商諸埠中紳富，紳富偉其議，而感其加惠士林之心，於是合力酬捐，不一載，大款遂集，計華人約捐六十五餘萬，西人約捐六十萬餘元。

創建大學的念頭固然來自盧押，但是辦學的錢，多半來自東南亞的華人。香港大學，孫中山的母校，不是一個簡單的所謂「英國人創建的大學」。

一九一二年香港大學開始召募第一批學生，第一次的畢業典禮在一九一六年舉辦，就在今天我們坐着的這個大廳。當年有九個人被授予榮譽博士學位，其中一個叫詹天佑，另一個叫伍連德。詹天佑對中國鐵路現代化的貢獻大家可能都還知道，但是伍連德，幾乎被歷史忘掉了。伍連德是馬來西亞人，劍橋醫學博士。一九一零年底中國東北爆發鼠疫，半年內就死了六萬人。伍連德到東北的前線去指揮防疫，醫學史家說，中國現代的防疫系統和公共衛生的觀念是從伍連德開始的。詹天佑與伍連德在一九一六年接受了香港大學首度頒授的榮譽博士學位，這固然彰顯了兩個人的成就，卻同時透露了香港大學在中國追求現代化歷程中的地位。

一九二三年，五十多歲的孫中山回到香港。熱情的香港大學學生用轎子把他從山下抬上校園。孫中山先生就站在我現在站立的講台上，發表他非常重要的一篇英語演説。在那篇演説裏，他完整地解析了他的革命思想的來源。

年輕的孫逸仙來到香港的西醫學堂念書，走在香港整齊的街上，他開始思索，為甚麼距離僅僅八十公里的香山，他的老家，與西方人所建立的香港，在法制、治安和政府的管理上，差別如此巨大。他最後變成一個革命家以及一個新共和國的建立者，孫中山説，一切都從這裏開始。

一九三三年，前往上海的途中，蕭伯納先到了香港，他也站在這個講台上演講。

一九三五年，香港大學又頒給一個人博士學位，這個人叫胡適之。港大本來請他來擔任系主任改造中文系，胡適之考慮之後不能來，推薦了許地山。一九三五年，胡適之在這個廳裏接受了他的榮譽博士學位。

時光再往後走，戰爭就來了，廣州被佔，嶺南大學學生在漫天戰火中被遷到香港大學來合併上課。李安電影《色．戒》裏就有學生大遷移的鏡頭。一九四一年，香港被轟炸，這個大廳的屋頂被炸出一個大洞，整個大樓轉成照顧傷兵的一個臨時救護站，中間有一個港大女生，不甘不願地做了戰地看護。張愛玲在《燼餘錄》裏描寫了這個廳，三更半夜的，炮火之中還要去照顧那些一直在慘叫的病患。這個港大女生為中國的現代文學添加了很炫麗的色彩。

二零零九年李安拍張愛玲的作品《色．戒》，他在這個大廳裏重現抗戰時期愛國學生排演舞台劇的情景。

一九三九年張愛玲拎着大皮箱來這裏註冊報到的時候，我相信她並不知道她的「二叔」，張人駿，曾經為這個大學募款，促成了大學的奠定。她在《對照記》裏溫情地描述了兒時記憶中的那個後來寂寞潦倒的「二叔」。

逃生門成為聚寶盆

為甚麼會說「我的香港」？我在香港總共居住了九年的時間，感謝港大，給了我一個安靜的寫作環境，讓我在這裏完成了《大江大海一九四九》。

在香港這個島上生活的人，長期以來很少人覺得自己是天生的主人，因為所有的人都是移民，只不過在不同時段移民而來。因為是移民聚集地，所以相對於大陸本體，它有一種開闊的、包容的「海納百川」的氣質，使得很多外來者「一不小心」

就留了下來，很容易覺得：「這是我的香港。」

香港九年的歲月對我很重要，它推翻了我以前對於中國，對於華人世界，對於歷史的認知。我這一代在台灣成長的人，對於中國與中國文化的認識多半是從大傳統、大敍述、所謂「正統視角」來理解的。説穿了不是北京／北平視野就是南京視野，也都是「北方」視野。這種大敍述、大傳統作為標準，這種永遠從北邊來解釋整個大區域的思維結構，在我到了香港之後被挑戰、被打破。香港的逗留對於我，是一個巨大的教育過程。

香港得利於它的「缺點」——如果地處邊陲叫做缺點的話。因為地處邊陲，所以主體規範的宏大力量鞭長莫及，不及於它，給了它更大的「野」空間，更大的自由去長出自己的個性。野放於外，剛好面對西方。在整個十五、六世紀以來西方強大的帝國主義往外擴張過程中，西方又不經意地把現代化帶了進來。

因為是邊陲體系，香港成為一個「逃生門」。每一次當那個文化主體發生災難的時候，香港既是一個逃生門，又是一個吸納精華的大口袋、一個文化聚寶盆。太平天國時血流千里，生靈塗炭。逃生門打開了，人湧進香港，造就了香港。戊戌政變時，被追捕的菁英到哪裏去？經過逃生門進來；辛亥革命時，逃生門又打開了。香港大學中文系的成立就受惠於很多一九一二年離開大陸的遺老文人；一九四九年內戰時，短短的時間內一百七十萬人湧了進來，多少今日的企業、學術和文化重鎮，是那批穿過逃生門而來的人的耕耘和灌注。主體地區的災難，使一波又一波的人通過香港這個「逃生門」得到喘息。大量的人湧入當然帶來很多問題，但也留下許多東西：資金、文化經驗、記憶傳承，灌溉了這片邊陲土地。將近兩百年了，香港就接受這樣的灌溉，不斷地成長。

在這樣的一個歷史脈絡裏，單單是香港大學，就藏着說不完的故事。剛剛說到一九一二，剛到香港時我曾經問過一個問題：一九一二年中華民國成立以後，那些不認同民國的學術耆老們，清代的翰林們，做了甚麼選擇，到哪裏去了？我發現很多人選擇「不食周粟」，寧願做所謂的「晚清遺老」，經過逃生門到了香港。這些清朝的翰林和太史們到海外孤島來，為文化作傳承，成就了一九二七年成立的香港大學中文系。他們還設置私人的書院、學院，培養了很多學生，留下了很多書籍善本。這些善本在中央圖書館、中文大學、香港大學都看得見。所以一波又一波不能認同前朝的人，不管是哪個前朝，選擇了逃生門，然後把他一輩子智慧的結晶留在這個口袋裏頭了。你說這個口袋有多珍貴呢？香港的歷史，怎麼不讓人着迷呢？

國際視野是一種能力

我這次以「公務員」的身份來考察，雖然所走過的幾乎都是以前去過的地方，但是以前作為休閒瀏覽和這次帶着特定的問題來考察感受是不一樣的。與我同行的台灣藝術家跟我有一個共同的觀察，就是，香港的藝術表達能量，在這二十年來有非常大的成長。「表達能量」指的是藝術家對社會的影響，或者說，藝術家本身的公民力量。譬如說，藝術家對於一個城市的空間有多少介入的餘地或說對於政府資源分配有多大的影響等等，也都是所謂草根力量的一種。在這一方面，台灣起步得早，走得比較遠。

然而當我們考察了位於上環的亞洲藝術文獻庫（AAA）以及香港藝術博覽會（HK Art Fair）的運作之後，大家就紛紛讚嘆說，這方面台灣不如香港。亞洲藝術文獻庫蒐藏了四萬五千多件館藏和幾十萬件的數位化資料，為當代亞洲藝術發展做全面的保存、記錄和研究，而且由民間非營利組織發起、經營。這需要眼光和堅持。香港藝術博覽會是另一種操作，把藝術交易做高度的國際運作，是營利事業。不論是文獻庫的非營利經營還是藝博會的營利操作，都需要全盤的國際知識和成熟的管理系統。這種在香港理所當然的國際化能力，台灣還需要學習。

泡沫下面有啤酒

歷史脈絡不同，發展進程就不一樣了。那麼相較於香港，台灣的力量在哪裏表現出來？

台灣不是一個暫時的逃生門，反而是一個目的地。幾百年來福建沿海的鄉民搏命越過怒濤海溝，到那裏就是為了留在那裏，讓絲瓜從土裏長出來落地。前幾天香港官員告訴我說台灣已經變成香港人想要去度假的第一選擇。他問我，台灣最可愛的地方在哪裏？我說，同樣的問題我問過李安，他說，台灣的可愛就在於它的不假裝大，不假裝偉大，它不用力變成甚麼樣子，自自在在地過日子。基本上慢的調性是一種文化的從容。

當然，你一打開台灣電視看新聞的話，台灣就變成一個爭吵不休、指控不斷，彷彿是個充滿衝突和鬥爭的社會。

選舉變成了一種行為藝術的表演，而且被媒體不成比例地誇大。但是我們必須知道，媒體趨向於表面。如果拿一杯一公升的德國大啤酒杯來倒啤酒，注入之後留在表面的泡沫層比例非常大；電視所集中採擷的就是泡沫的那一截，可別相信泡沫下面沒有好的啤酒，它有的，只是你必須懂得看。

給一個具體的小例子來說明台灣的民主生活有它「啤酒泡沫」下面的層次。

前幾天金馬獎的頒獎在台灣引發很大的爭吵。得獎的幾乎全是大陸的影片、導演、演員，還有些香港的。政治人物就開始破口大罵了：台灣人辦的獎項，為甚麼把獎都給了外地人？刪除金馬獎預算吧！

這些表演式的吵鬧就是啤酒泡沫，在杯子上層冒泡泡。泡沫下面有些甚麼呢？泡沫下面是長達五十年的台灣人的共同努力，把原來一個由統治政權主導的、宣傳意圖為主的電影獎逐步改造為一個專業的、公正的、以藝術價值為最高價值的獎，而且擁抱整個華人世界。這不是一個簡單的成就。在第四十九屆，台灣電影得獎特別少，那又怎麼樣呢？輸了明年再來啊，競技不就是有贏有輸嗎？但是設置一個專業標準，設置一個政治、人情、金錢都不能影響的專業標準，本身就是一個文化力的展現。泡沫的下面其實有比較深沉的東西。

做一把小提琴走向世界

不久前，我到南投有一趟小小的考察。這個地方叫南投仁愛鄉，是原住民區，其實就是霧社，賽德克巴萊的原鄉，在深山裏。

台灣的原住民鄉有很多問題，因為在家鄉沒有工作，年輕人都向外走，部落裏只剩老人照顧小孩。文化部所屬的交響樂團的團員音樂家定期入山，到仁愛鄉的親愛國民小學去義務教孩子音樂，甚至於在那裏組織了一個孩子的管弦樂團，讓孩子們從音樂中得到人生的美學啟蒙。小學裏還有一個年輕的老師，他讓孩子們從四年級開始上勞作課，每一個人從一塊木頭開始學習製作小提琴，從磨、到切、到砍、到刻，琢磨兩年的時間，等到孩子六年級畢業時，每一個人都帶着一把自己親手製作完成的小提琴走出小學，走向自己的人生。

我相信這把小提琴會跟着部落的每一個孩子走一輩子。

邊陲有力

台灣與香港有一個相似的地方：就是相對於那個大傳統、大敘述，相對於所謂的「偉大」，台灣和香港都是「邊陲」。但是邊陲有邊陲的自由和活潑，邊陲有邊陲可以做出的獨特的貢獻。我們這幾年常常用一個詞「軟實力」，soft power，但是，soft power 這兩個字真正的重點不是在 power，而在 soft。我相信香港和台灣可以在將來做更多的交流，更細心的彼此對望，更深刻的相互了解。因為軟實力告訴我們的是：有時候，Being soft is being powerful。

我們有力量、有智慧，對身邊的大傳統、大敘述，給予正面的刺激和幫助。

我們的村落

二零一一年十二月十八日，在香港大學醫學院畢業典禮的英文演講翻譯

我一般非常不情願在畢業典禮演講，因為這個場合的聽眾一定是最糟糕的聽眾；你還沒開口，他們就巴不得你已經結束，而且，因為心中充滿了其他的事情，不管你說甚麼，他們只要走出了這個大廳的門，就絕不會記得你今天說過的任何一句話。

雖然如此，我還是來了，不僅只是因為，受邀到此演講是一份給我的光榮和喜悅，也因為我「精打細算」過了——遲早有一天，我會「落」在你們這些將來的醫生手裏。當那一天到來的時候，我自然渴望在床邊低頭探視我的你，不只在專業上出類拔萃，更是一個具有社會承擔、充滿關懷和熱情的個人。

我們都說這是一個畢業典禮，五六年非常艱難的醫學訓練，今天完全結束了。

我倒覺得，是不是可以這樣看：今天其實只是你「學程一期」的畢業典禮，一期的核心科目是醫學。但是今天同時是你「學程二期」的開學典禮，二期的核心科目是「人生」。二期比一期困難，因為它沒有教科書，也沒有指導教授。在今天的十五分鐘裏我打算和你們分享的，是一點點我自己的「人生」筆記。

我成長在台灣南部一個濱海的小城，叫做高雄。一九六一那一年，小學二年級，發生了一件大事。班上一個女生突然嚴重嘔吐，被緊急送到醫院。沒多久，學校就讓我們都停止上課回家了，全市的學校關閉。過了一段日子，當我們再回到學校時，班上幾個小朋友的座位，是空的。那是我第一次聽到有一種病，名叫「霍亂」。我們當時當然不知道，高雄南方的「鄰村」——香港，在同時，被同一波傳染病所襲擊，十五個人死亡。我們的命運早就是彼此相連的，但是我們懵懂無知。

是的，我是一個在所謂「第三世界」長大的小孩。想像一下這些黑白鏡頭：年輕的母親們坐在擁擠不堪的房間裏，夜以繼日地製作塑膠花和廉價的聖誕燈飾，孩子們滿地亂跑，身上穿的可能是美援奶粉袋裁剪出來的恤衫，那運氣特別好的，剛好前胸就印着「中美合作」的標語，或者湊巧就是「淨重二十磅」。

一九七五年我到美國留學，第一件感覺訝異的事就是，咦，怎麼美國人喝的牛奶不是用奶粉泡出來的？記憶中一九六一年的班上，每一個女生都有頭蝨，白色細小的蝨卵附着在一根一根髮絲上，密密麻麻的，乍看之下以為是白粉粉的頭皮屑。時不時，你會看見教室門口，一個老師手裏舉着一罐DDT殺蟲劑，對準一個蹲著的女生的頭，認真噴灑。

香港人和台灣人有很多相同的記憶，而奶粉、廉價聖誕燈、霍亂和頭蝨，都是貧窮的印記。如果我們從我的童年時代繼續回溯一兩代，黑白照片裏的景象會更灰暗。一個西方傳教士在一八九五年來到中國，她所看到的是，「街頭到處都是皮膚潰爛的人，大脖子的、肢體殘缺變形的、瞎了眼的，還有多得無可想像的乞丐……一路上看到的潰爛皮膚和殘疾令我們難過極了」。

一九零零年，一個日本作家來到了香港，無意間闖進了一家醫院，便朝病房裏面偷看了一眼。他瞥見一個幽暗的房間，光光的床板上躺着一個「低級中國人，像蛆在蠕動，惡臭刺鼻」，日本人奪門而逃。

可是，為甚麼和你們說這些呢？為甚麼在今天這樣的時間、這樣的地點、這樣的場合，和你們說這些呢？

我有我的理由。

你們是香港大學一百週年的畢業生，而香港大學的前身，是一八八七年成立的「香港華人西醫學堂」。如果這點你們不覺得有甚麼特別了不起，那我們看看一八八七年前後是一個甚麼樣的時代。我們不妨記得，在一八八七年，屍體的解剖在大多數中國人眼中還是大逆不道的，而西醫學堂已經要求它的學生必修解剖課。我們不妨記得，當魯迅的父親重病在床——那已是一八九七年，紹興的醫生給他開的藥引，是一對蟋蟀，而且必須是蟋蟀的「元配」。了解這個時代氛圍，你才能體會到，一百二十四年前，創辦西醫學堂是一個多麼重大的、改變時代的里程碑，你才能意識到，那幕後推動的人，必須配備多麼深沉的社會責任感和多麼遠大的器識與目光，才可能開創那樣的新時代。是何啟和 Patrick Manson 這樣的拓荒者，把你們帶到今天這個禮堂裏來的。

一八八七年十月一日，香港華人西醫學堂首度舉行開學典禮，首任學堂院長 Patrick Manson 致辭。曾經在台灣和廈門行醫的 Manson 到今天都被尊稱為「熱帶醫學之父」。他致辭時說，這個西醫學堂，「會為香港創造一個機會，使香港不僅只是一個商品中心，它更可以是一個科學研究的中心」。看着台下的入學新生，他語重心長地說，「古典希臘人總愛自豪而且極度認真地數他們的著名偉人，我們可以期待，在未來的新的中國，當學者爭論誰是中國的著名偉人的時候，會有一些偉人來自香港，而且此刻就坐在這個開學典禮之中」。

三十多個學生參加了一八八七年的開學典禮，學習五年之後，一八九二年的首屆畢業生，卻只有兩名。其中之一，成為婆羅洲山打根的小鎮醫生，另一個，覺得醫治個別病人遠不如醫治整個國家，於是決定放棄行醫，徹底改行。

這個學名登記為「孫逸仙」的學生，起先只有一個非常小的計劃，有點像今天的大學生利用暑假去做社區服務。他走在香港的街頭，看見英國管理的城市如此井然有序，驚異之餘，百思不解：為甚麼只隔四、五十里的距離，自己的家鄉，一個叫香山的小城，卻是如此混亂落後？他的小計劃，就是把香山變成一個小香港。說到做到，二十多歲的西醫學堂學生孫逸仙，利用寒暑假期，回到家鄉，號召同村的青年出來修橋鋪路，目標是修出一條路將兩個鄉村連通起來。這個小計劃，最後由於地方吏治的腐敗，以失敗告終。小計劃的失敗，震撼了他，他於是轉而進行一個略大的計劃，就是推翻整個帝國。

從 Manson 一八八七年的開學致辭到今天二零一一年的畢業演講，我們的生活方式有了深沉的改變，而這些改變，來自一些突出的個人。目光如炬者，革新了教育制度；行動如劍者，改造了整個國家；還有很多既聰慧又鍥而不捨的人，發明了各種疫苗。今天你我所處的世界，天花徹底滅絕，瘧疾和霍亂病毒已經相當程度被控制，台灣和香港的女生已經不知道有「頭蝨」這個東西。西醫學堂創立一百二十四年之後的今天，港大醫學院培養出很多很多世界頂尖的學者和醫生，為全球社區的幸福做貢獻。

而你們，正是踏着這個傳統的足跡一路走來的。

也許你會問說，既然前面的「長老們」，譬如 Patrick Manson，譬如孫逸仙，已經完成這麼多重大的貢獻，還有甚麼是你們這一代人，是你，可以作夢，可以挑戰，可以全身投入，可以奉獻和追求的呢？今天的世界，還有甚麼未完成、待完成的使命嗎？

我相信有。

四十三歲的 Patrick Manson 在創建西醫學堂之前，研究過他所處的時與地。地，是香港，那時香港對華人的醫療照顧與對洋人的照顧相比是一個悲慘的狀態；時，是晚清，傳統的價值體系正分崩離析而新的秩序和結構還未成形。孫逸仙畢業時二十六歲，每天從上環爬上陡峭的石階上學，無時無刻不在「診斷」這個社會的存在狀態，思索如何為人創造更大的幸福。

那麼你們所處的時和地又是甚麼呢？

讓我們先看看你們是誰。香港大學醫學院的學生，百分之二十來自醫學專業家庭，也就是說，這百分之二十的學生有雙親或者雙親之一已經是醫生或護士。你們之中百分之六十的人，父母那一代已經具有高等學歷。很明確地說，你們是社會的菁英層。即便現在還不是，將來也會是。

而你們所身處的社會，又是一個甚麼樣的社會呢？

香港這個「村子」，有一個非常獨特的地方。享有近三萬美金的每年人均所得，七百萬居民中卻有一百二十三萬人生存在貧窮線下。所謂「貧窮線」，指的是收入低於市民平均所得的一半以下。如果這聽起來太抽象，沒感覺，你試試看走到大學前面般含道的某一個街口站一會兒，數一數放學回家走在馬路上的學童：一、二、三、四，在香港，每四個孩子之中，就有一個生活在貧窮線下。

我不知道你是否注意過，在最繁華、最氣派的中環，那些推着重物上坡的白髮老婆婆是如何佝僂着背，與她的負荷掙扎的？在你們所屬的這個社會裏，百分之四十的長輩屬於貧窮線下的低收入戶。

來到香港機場的訪客，馬上會被一個漂亮的招牌所吸引，廣告詞很簡單：「香港是亞洲的世界大都會」。這個廣告不說出來的是，香港是亞洲貧富不均第一名的大都會，貧富差距之大，超過印度，超過中國大陸。在全世界的已開發地區裏，香港的分配不均，也名列首位。

你和我所生活的這個社會，最特殊的地方就是，一個攝影師不必守候太久就可以在街頭捕捉到這樣的畫面：剛好一輛勞斯萊斯（Rolls Royce）緩緩駛過一個老人的身影，他正低着頭在路邊的垃圾桶裏翻找東西。

我無意鼓吹你們應該效法魯迅棄醫從文，或者跟隨孫逸仙做革命家，或者全都去從事社會工作，因為人生有太多有趣的路可以選擇了。我想說的僅只是，身為這麼一個重要傳承的接棒人，你也許可以多花那麼一點點時間思索一下自己來自哪裏、何處可之。一百二十四年前，第一顆石頭打下了樁，鋪出的路，一路綿延到下一村——你今天的所在。Patrick Manson 抵抗無知，堅持科學實證的知識學習；孫逸仙抵抗腐敗，堅持清明合理的管理制度。你是否想過：在你的時代裏，在你的社會裏，你會抵抗些甚麼，堅持些甚麼？

我倒不希望你能立即回答，因為如果你能隨口回答，我反而要懷疑你的真誠。一個人所抵抗的以及所堅持的，滙成一個總體，就叫做「信仰」。但是信仰，依靠的不是隆重的大聲宣告；信仰深藏在日常生活的細節裏，信仰流露在舉手投足之間最尋常最微小的決定裏。

Patrick Manson 後來擔任倫敦殖民部的醫療顧問，負責為申請到熱帶亞非地區做下層工作的人進行體檢，體檢不通過的，就得不到這樣的工作機會。這時，他發現了一個未曾預料的問題：百分之九十的體檢者都有一口爛牙，檢查不合格。畢竟，有錢人才看得起牙醫。他該怎麼辦呢？

Manson 是這麼處理的。他給上司寫了封信，說，以爛牙理由「淘汰掉他們等同於淘汰掉整個他們這個階層的人」。他建議政府為窮困的人提供牙醫的服務。

有些專業者看見爛牙就是爛牙。有些人，譬如 Manson，看見爛牙的同時，卻也看見人的存在狀態——他認識痛苦。就是這種看起來很不重要、極其普通的日常生活裏的判斷和抉擇，決定了我們真正是甚麼樣的人。

我十四歲那年，全家搬到一個台灣南部的小漁村。因為貧窮，孩子們生病時，母親不敢帶我們去看醫生，她付不起醫藥費。有一天，小弟發高燒，咳嗽嚴重到一個程度，母親不得不鼓起勇氣去找村子裏的醫生。我們都被帶去了。四個年齡不同、高高矮矮的孩子一字排開，愣愣地站在這個鄉村醫生的對面。他很安靜，幾乎不說話，偶爾開口，聲音輕柔，說的話我們卻一個字都聽不懂，是閩南語，還有日語。

林淵泉醫師仔細地檢查孩子的身體，把護士拿過來的藥塞進母親的手裏，用聽不懂的語言教導她怎麼照顧孩子，然後，堅持不收母親的錢。此後，一直到四個孩子都長大，他不曾接受過母親的付費。

那是我記憶中第一個醫生。那個小小的診療室，幾乎沒甚麼家具，地板是光秃秃的水泥，卻是一塵不染。診療室外連着一個窄窄的院落，灑進牆裏的陽光照亮了花草油晶晶的葉子。茉莉花盛開，香氣一直在房間裏繞着不散。

西九龍，請慢

野人

兩百五十億港幣的工程投資，四十公頃地的璀璨海景，在世界上任何城市都是一件重大建設，更何況這是香港核心區最後一塊鑽石帶了，文化界對西九龍計劃因為殷殷期盼而憂心忡忡是自然的。許多的疑慮圍繞在幾個具體的問題上：商業目的是否會凌駕文化內涵，國際觀光取向是否會忽視本土藝術的栽培，未來的經營是否會成為財政包袱等等。

身為一個長期注視文化而又關心香港發展的旁觀者，我對西九龍計劃卻有一個不太一樣的角度，當作野人背上自以為溫暖的陽光獻給香港，做為參考，相信香港人會原諒我的偏頗，容忍我的直率。

如果箭在篋中

政府公佈的資料顯示，雖然有許多個別的、局部的研究，但是香港至今沒有一個全面性的針對文化市場和市民文化消費行為的調查分析。雖然做了許多的諮詢，但是諮詢的廣度、深度、密度，以及諮詢結果是否具體納入計劃內容，也是一個問題。因為沒有這樣一個調查分析，因為諮詢缺少科學化的呈現，西九龍規劃就引出許多疑問。

譬如說：是基於甚麼客觀而具體的研究而指定了四個博物館的定位？為甚麼是當代藝術、水墨、設計、動畫博物館，而不是文學或音樂或任何其他博物館？

譬如說，計劃邀請書要求地產商所提計劃必須顯示西九龍與本土藝術團體有密切互動，但是資源終究是有限的，西九龍究竟是以培植本土藝術發展為主，還是以引進國際表演為主？以前者或後者為主要目標的背後理由和策略思維又是甚麼？

西九龍計劃在招標中，已是箭在弦上。如果箭還在篋中，而時鐘可以撥回三年，那麼一個全面的產業和文化策略可能可以給西九龍一個更好的基礎。

誰在用甚麼

就經濟層面而言，第一個必要的工具是量化的內需市場的分析。譬如說，香港現存的各項文化設施營運狀況是甚麼？各個博物館、美術館、展覽廳、表演場所的使用率如何？市民以及觀光客的參訪比例以及偏好有何差異？是不是有效用不彰、規劃不當的設施？是不是有尚未被開發的欣賞人口？也就是說，究竟現存文化設施的供與求之間是一個甚麼樣的關係？

西九龍計劃預定在二零一二年完成，市場的預測又如何？二零一二年香港的人口組成和今天又不一樣；更高比例的大陸新移民組成所謂香港人，這些人的消費水準和他們的文化需求又會是甚麼？

香港的特色在哪裏

第二個基礎調查是觀光及城市行銷的效應分析。西九龍想吸引誰？在城市競爭

越來越激烈的全球村裏，香港顯然有三圈的競爭對象：漢語圈中的深圳、上海、廣州、新加坡、台北；亞洲圈中的漢城、東京、吉隆坡、悉尼；世界圈中的倫敦、紐約等等。每一個城市都在竭盡所能吸引觀光客和國際投資，挖空心思做城市行銷。城市的基礎建設和文化特色必然地成為最重要的競爭資本。香港的基礎建設明顯地傑出，但是它的文化特色是甚麼？西九龍的內容必須是甚麼才能凸顯香港特色？如果將來的西九龍裏充滿了大大小小名牌商店，它和世界任何大都市的差別在哪裏？如果裏頭有四個博物館、三個表演廳，它又具有甚麼與倫敦的南岸或者新加坡濱海

藝術中心不同的魅力？

如果說，長年以來，香港以「亞洲的採購天堂」地位傲視其他城市，在二零一二年它的定位是否仍舊如此？二零一二年的上海和深圳的崛起，對香港會有甚麼程度的影響？隨着經濟發展版圖的改變，香港是不是必須思考轉型？如果是，轉成甚麼才能維持自己的優勢？而西九龍在這個重新定位中可以扮演甚麼帶動或催化的角色？

有了科學的內需市場的分析，我們才可能知道還有甚麼文化設施是應該投資的。決定了香港的城市文化定位和城市行銷策略，我們才可能知道西九龍的內容應該是甚麼。理想上，西九龍不是一個孤立的地產行為，而應該是香港整體發展策略中的一個環節。

城市屬於市民

比經濟層面更複雜，而且更重要的，是文化層面的深思遠慮。

首先是文化權的問題。政治人權在今天已經成為一種主流價值，但是文化權卻很少有人討論，雖然在聯合國憲章裏，文化權的平等是很重要的一條。城市的土地屬於市民，政府的税收來自市民，因此不同階級、不同族群、年齡或性別的市民都有權力要求城市的文化設施滿足自己的需求。在這樣的公義原則下，目前存在的公共文化設施是否真正照顧到社會各個階層的市民，是值得深入檢討的。低收入的市民使用了多少設施？與中產階級所享用的比例如何？六十五歲以上的老人所愛也許不是交響樂而是粵劇，他們的需求與設施的供給是否平衡？十五歲以下的人口享有多少文化設施？身心障礙者，同性戀者，外籍勞工的文化權享用狀況又是甚麼？

當文化的資源分配圖清楚地浮現在我們眼前時，我們才能知道這個城市給了誰太多，又虧欠了誰。如果兒童和青少年得到的偏低，那麼兒童劇場或許就該進入西九龍；如果地方戲曲的輔助太少，那麼或許維港巨星匯的一億元其實應該撥給了粵劇匯演；如果西方歌劇的欣賞者遠遠超過設施所能提供，那麼歌劇的表演廳或許可以納入考慮。有了文化資源分配的調查，我們也才能決定究竟西九龍應該是「雪中送炭」還是「錦上添花」的設施規劃。

創意的競爭

第二個重要的研究，是創意產業的現狀。八大類藝術——文學、視覺、影視、戲劇、音樂、舞蹈等等，各類的資源和發展體質是何狀況？如果以英國對創意產業的分法，那麼香港的十三種創意產業的結構與動態是甚麼？最適合香港發展、最有發展優勢的是哪些？最弱的，但是具有潛力應該強力扶植的，是甚麼？

創意產業是城市之間競爭的強項。譬如電影，如果釜山已經搶得先機，成為亞洲電影的交易中心，那麼香港在電影上要爭取甚麼地位？如果文學與出版是香港最弱的一環，如果因為閱讀人口太少而出版社和作家無法生存，是要考慮把閱讀文化和文學發展當作強力扶植項目還是乾脆讓它自生自滅？如果沒有一個亞洲城市有水墨美術館，那麼香港是不是要搶先設置以取得文化優勢？

對內，知道市民的需求和產業的體質；對外，清楚其他城市的發展趨向和自己的優劣勢，一個城市的文化策略就出來了：二零一二年的香港需要甚麼樣的文化設施才能更好地照顧市民的文化權，才能更增加香港的競爭優勢、城市魅力？

這些思考，都不是地產商能做的。

更何況，文化不只是對市民做公平正義的資源分配，不只是就城市做行銷與競爭策略。

培養甚麼樣的香港人

文化，是社會教育，是身份認同。

如果說，十五歲是人格開始定型的起點，他所閱讀的文學作品、所觀看的戲劇、所欣賞的音樂、所聆聽的演講、參與的辯論，都在塑造他的人格和品味；二零一二年十五歲的人，此刻正是眼睛亮晶晶小學一年級的孩子。我們正在為他建造西九龍，讓他十五歲時和父母或老師或朋友買票進場。規劃西九龍的這一代人是不是需要思索：究竟香港要教出甚麼樣的下一代呢？

聽普契尼、背莎士比亞、讀倫敦報紙、談英國政治的香港人？還是看帝女花、讀唐詩、辯論中國民主的香港人？是東西兩種文化底蘊都很紮實而揮灑自如的香港人，還是兩邊都腳不着地、心裏覺得很空的香港人？是隨時拿出護照準備奔向他方的香港人，還是認定了這塊土地、準備創造嶄新的「香港文化」來面對世界的香港人？

二零一二年的香港，離一九九七更遠了。殖民時期烙下的心理建構逐漸淡去，而珠江三角洲的文化圈、經濟圈形成，上海都會文化更加成熟，台北的人文風格更加顯著，那個時候的香港，推出西九龍，除了光輝燦爛的煙火之外，勢必要告訴世界——

甚麼呢？仍舊是亞洲的購物中心？還是一個自主的「新香港文化」的誕生？

看不見的工程

西九龍不只是地產開發，不只是經濟投資，不只是觀光事業，甚至不只是文化產業，它其實應該是一個文化政策的實現，而所謂文化政策其實就是一個城市的整體願景：自己站在哪裏，準備往哪個方向去。

找出這個願景，不是任何政府公務員閉門作業能做到，更不是任何地產商能想像出來的。它必須經過社會菁英的深刻思索，大眾的公開討論，各個階層經年累月的溝通、辯論，政府與學界、產業界、民間團體不間斷的諮詢，最後得到一個共識，這個共識就是政府做決策的基礎。建立願景是一項看不見的基礎工程，沒有願景作為基礎，所有看得見的硬體工程都可能是短視的「抓瞎」。

西九龍的箭已在弦上，時鐘也不可能撥回三年，能做甚麼呢？

不得已的「急救」方式是在政府、地產商、文化界和市民之間建立一個密集的諮商與溝通模式，同時將所有已經做過的有數據根據的調查研究，進行整合。在得標廠商真正執行工程之前，還有很多討論、協商、修正的機會。香港的公務員素質特別優越，地產商經驗豐富，如果有一個真實而高效率的管道將文化界的創意和學界的研究確實納入，西九龍是令人期待的。

卓然而立

更重要的當然是長程的作法。香港在漢語文化圈裏像一個氣質奇特的少女。漁村身世給了她清純的面貌，殖民歷史給了她結實的骨架，中國不斷的戰亂流離給了她不屬於她年齡的滄桑，那種滄桑又使得她在嫵媚的同時顯得脆弱。殖民者走了，重新面對中國，這個氣質奇特的少女，會不會有一天找到自己內在的精神力量，卓然而立，真正成為她自己呢？

二零零三年十一月一日

香港，你往哪裏去？

——對香港文化政策與公民社會一點偏頗的觀察

二零零四年十一月九日在香港大學的演講

到稅務局繳完了稅，下樓時覺得特別神氣，從此以後多了一重身份：香港的納稅人。寫這篇文章，就是在盡一個香港納稅人的義務，當然，也是權利。

石水渠街的野薑花

從稅務大樓出來，橫過幾條大道就可以到石水渠街，我要到那兒買一把野薑花。窄窄的石水渠街是一個露天市場，擠擠攘攘的，人情味十足。鞋店前放着幾個水桶，火百合、滿天星、野薑花，隨興地「扔」在裏面，愛買不買。海產店前一攤

一攤的鮮活魚貨。一隻巴掌大小的草蝦蹦到隔鄰的一籠青翠的菠菜上，又彈到地面；嚇了一跳的家庭主婦將它撿起，笑瞇瞇交還給魚販。腆着肚子的屠戶高舉着刀，正霍霍地斬肉；千錘百煉的砧板已經凹成一個淺盆。駝背的老太太提着菜，一步一步走在人群裏，雖然擁擠不堪，她不慌不忙，顯然腳底熟悉每個地面的凹凸，眼裏認識每個攤子後面的鄉親。

野薑花聽說來自南丫島的水澤裏。我買上一大把，抱在懷裏，搭上開往石塘咀的老電車，一路叮叮噹噹晃回西環。

一道公民考題

如果我是香港的公民教育老師，我會出這麼一個考題：

中區警署十七棟古意盎然的歷史建築要交給地產商開發。灣仔的石水渠街露天市場要拆除，古老「印刷一條街」利東街要拆除，灣仔老街市要拆除……舊的，老的、矮的建築，狹窄的擁擠的老街老巷，要讓位給玻璃和鋼筋的摩天大樓，變成昂貴的公寓大樓或者寒光懾人的酒店商廈。

西九龍文娛區的競標廠商紛紛提出了規劃，毫無意外地，全是地產財團。標書指定要有的四個博物館、三個表演廳，地產商正在進行全球性的合縱連橫、做如火如荼的宣傳。香港的報紙突然每天都是國際美術館的長而拗口的名字。

同時，公民教育委員會製作了一個宣傳短片，「心繫家國」。中華人民共和國的國歌配上溫馨動人的畫面，每天在新聞報導前播出。精心包裝的愛國教育在悄悄進行中。

請指出，以上看起來互不相關的三件事，隱藏着甚麼內在的關聯？試從三件事中看出香港的文化政策及公民社會的發展狀態。

「中環價值」壟斷

香港宣傳自己的標語是：亞洲的國際都會，Asia's world city。這個自我標榜沒錯，觀光客所看見的香港也是這樣一個面貌：地面上有高聳入雲的大樓、時髦精美的商店，地面下是四通八達的運輸密網、人定勝天的填海技術。看得見的是名牌銀行林立，貨櫃碼頭如山，看不見的是精細複雜的金融制度，訓練有素的專業人才，清廉效率的政府、法治的管理。

國際上所看見的，以及香港人自己所樂於呈現的，就是這樣一個香港：建築氣勢凌人、店舖華麗光彩、英語流利、領口雪白的中產階級在中環的大樓與大樓之間快步穿梭。也就是說，中環代表了香港，「中環價值」壟斷了、代表了香港價值：在資本主義的運作邏輯裏追求個人財富、講究

商業競爭，以「經濟」，「致富」，「效率」，「發展」，「全球化」作為社會進步的指標。

外面的人走在中環的大道上，仰着脖子欣賞高樓線條的炫麗，不會看見深水埗街上那些面容憔悴、神情困頓的失業工人，或是多年住在觀塘和元朗卻從沒去過中環的新移民婦女。外面的人守在尖沙咀海濱星光大道上等候驚天動地的煙火表演，不會想到，香港七百萬人中有一百四十五萬人活在貧窮線下，有很多很多的獨居老人像雞鴨一樣長年住在籠子裏；不會想到，這個「亞洲的國際都會」在

貧富不均的指標上高居世界第五，與智利、墨西哥、哥斯達尼加、烏拉圭同流。外面的人不會想到，姿態矜持而華貴的中環其實只是香港眾多面貌中的一個而已。

這樣的敍述，其實也不正確，因為我很快就發現，香港裏面的人，也有許多人看不見中環以外的香港，也把「中環價值」當作唯一的價值在堅持。

拆，拆，拆

九龍城寨，調景嶺，早就拆了。因為九龍城寨和調景嶺骯髒、混亂、擁擠，用「中環價值」來衡量，代表了令人羞恥的「落後」。九龍城寨和調景嶺所凝聚的集體記憶與歷史情感，是掃進「落後」的垃圾堆裏一併清除的。

旺角的朗豪酒店剛剛落成。龐大的建築體積坐落在窄窄的上海街上，高牆效應使上海街上的人變得非常微小，彷彿老鼠爬在牆角下。啟德機場移走之後，九龍的建築限制改變，朗豪預告了九龍將來的面貌：九龍也將中環化。

灣仔的 Mega Tower 酒店也是地產商一個巨大的建築計劃，如果通過，意味着灣仔老街老巷老市場的消失，老鄰居老街坊的解散；意味着原本濃綠成蔭的老樹要被砍除，栽上人工設計出來的庭園小樹，加棚加蓋鋪上水泥，緊緊嵌在大樓與大樓之間。

Bauhaus 風格的老街市要被拆除，藍色的老屋要被拆除，石水渠街的老市場要被拆除，中區警署的歷史建築群，包括域多利監獄，要交給地產商去「處理」，讓他們建酒店商廈。更多的酒店，更多的商廈，更多的摩天大樓，像水淹過來一樣，很快要覆蓋整個香港。

中區警署：祖母的日記能招標嗎？

來香港一年，有很多的驚訝，但是最大的震驚莫過於發現，**香港政府對於香港歷史的感情竟是如此微弱**。讓我們看看中區警署。就藝術而言，中區警署建築群的風格代表了殖民時代的美學，在香港已經是「瀕臨絕種」的稀有建築。就歷史而言，域多利監獄當年監禁過反清的革命志士，也殘害過反日的文人。是否監禁過孫中山，史學家還在辯論；即使將來證明沒有，辯論的過程本身也已經為歷史添加了重量。而即使沒有孫中山，難道戴望舒的獄中血淚還不足以使這個監獄不朽嗎——[1]

獄中題壁

如果我死在這裏
朋友啊，不要悲傷
我會永遠地生存
在你們的心上……
當你們回來，從泥土
掘起他傷損的肢體……
把他的白骨放在山峰
曝着太陽，沐着飄風
在那暗黑潮濕的土牢

這曾是他唯一的美夢

一九四二年四月二十七日

除了戴望舒之外，還有多少可歌可泣的歷史深埋在域多利監獄裏？牢房裏頭若是江洋大盜，他可能凸顯了香港的治安史；若是因貧困而犯罪的升斗小民，他就呈現了香港的底層庶民生活史；若是飢寒交迫的非法移民，他就刻畫了香港顛沛流離的遷徙史；若是屈打成招的政治犯，他就為帝國主義的殖民史押上了筆錄。

每一個牢房、每一面牆，都是香港史的證物。**我敢說，域多利監獄裏的每一塊磚都是濕的，因為它滲透了香港人的母輩祖輩的淚水和嘆息、香港人集體的創傷和榮耀。**政府哪裏有權利把它交給地產商去「處理」掉？你會把祖母手寫的日記本拿去招標出售嗎？

監獄是要保留的，政府說，但是環繞監獄的很多其他老建築，不是太珍貴。或許，但是，請問，做過完整的歷史調查嗎？認真問過市民的想法嗎？歷史建築的文化價值若是真正被重視，為甚麼我們只聽見「經濟效益」四個字？監獄的歷史意義若是真正被珍惜，你可能把它和周邊環境截斷，讓它孤伶伶地站着，被高聳逼人的酒店和商廈包圍？

如果我是……

作文題目：如果中區警署建築群是在台北，我會怎麼做？

如果我是文化局長，我會馬上成立一個專案小組進行這幾件事：

對市長和財長進行說服：歷史記憶是市民身份認同的護照，使一個群體有別於他人的感情印記。而文化保存是一個城市的命脈，與經濟發展也可以並行不悖。對十七棟建築的每一棟進行深度多元的歷史調查。以域多利監獄為例，委託歷史學者開啟所有監獄檔案，研讀每一個個案，書寫域多利監獄史。透過對政治犯、冤案、犯罪紀錄、懲罰與感教制度演變等等的研究，香港與中國近代史以及英帝國殖民史血肉相連的一頁可能有嶄新的視野出現。如果資料夠豐富，甚至思考成立監獄博物館，譬如莫爾本的監獄博物館就是那個城市最辛酸、最動人的一個歷史博物館。

十七棟建築，就是十七種最疼痛、最深刻、最貼近香港人心靈的香港史。以後每一個跟着老師進去走一遍的小學生，都會從一塊磚裏頭看見自己的過去，從而認識自己的未來。

向企業及大眾募款，發起認養古蹟運動，成立國民信託基金。大企業可以捐鉅款，小市民可以「一人一百塊」作古蹟之友。基金用來修復古蹟，同時作為永續保護以及管理經營之用。

如果我不是決策官員而是個小市民，那麼我會用盡力氣發起公民反抗運動，串連所有的非政府組織——環保團體、消費者團體、小學家長會、被虐婦女保護協會、勞工權益促進會、文史工作室、青年義工……，包括國際組織；我會結合所有大學的歷史系、建築系、城鄉研究、都市計劃、景觀系所以及教育學院將來要為人師者的學生和教授們，與政府進行長期的抗爭。我會靜坐、示威、遊行。我會不間斷地投書給本地和國際的媒體，我會向聯合國教科文組織求援，向國會議員申訴；我會尋找律師探討控告政府的可能。

最後，告訴你我最後會做甚麼：**我會用選票把不懂得尊重文化、輕視自己歷史**

的政府選下去，換政府。但是香港的政府是不能換的，因為沒有普選。

西九龍：為誰而建？

香港政府不僅只將充滿歷史記憶的老區交給財團去開發，空曠的新地同樣放任財團去發展。西九龍簡直就可以直接寫進文化政策的教科書當作負面教材範例。香港核心區最後一塊濱海的鑽石地帶，如果講明要做商業開發，靠賣地賺錢，也就罷了，可是政府說，這將是文化項目，要有四個博物館，三個表演廳等等，要在文化上建設香港。

要建設一個文化的香港，是不是先要知道香港有甚麼，缺甚麼，哪裏強，哪裏弱？在招標之前，起碼有幾十個非做不可的研究調查：

譬如藝術教育整體研究：香港的教育制度裏有多少藝術教育？與國際評比如何？藝術教育缺哪一環？香港人希望自己的下一代有怎樣的文化素養？西九龍規劃需不需要把青少年的藝術教育當作核心思考？

譬如創意產業調查分析：哪一個產業在香港最具競爭力，最值得重點扶植？如何扶植？動畫是否已被韓國領先？水墨是否有發展空間？設計是否是香港的優勢？如果是，應該設立博物館還是設計學院還是兩者都不要？

譬如藝術人才培養計劃：除了補助以外，是否應該有制度的變革？是否應該提升智慧財產的保護、是否應該加強大學的藝術科系，西九龍如何用來培養本土創作……

譬如欣賞人口的擴展：十八歲以下的藝術欣賞人口有多少？甚麼獎勵或補助制度可以創造欣賞人口？甚麼設施可以吸引更年輕的藝術欣賞者？

譬如弱勢公民文化權的普查：六十五歲以上的長者看甚麼戲、聽甚麼歌、享用到幾成的文化設施？

盲者、聾人、單親媽媽、同性戀者、坐輪椅的、精神病患、監獄犯人、外籍勞工、尼泊爾和巴基斯坦的弱勢族群、貧窮線下的赤貧者、赤貧者的孩子……享用到多少文化的公共資源？康文署所提供的活動裏他們的參與是幾成？如果弱勢者的文化權沒有被照顧到，那麼西九龍是否應該將之納入考量？

譬如現有文化設施的全面體檢：歷史博物館、科學館、藝術館等等，現有多少參觀人數？藝術教育效應評估如何？是否低度使用？是否浪費空間？是否經營不善？是否資源重疊？

譬如二零三零年香港文化發展藍圖的提出：香港對自己的文化期許、文化定位是甚麼？它所缺的究竟是草根性質的社區兒童圖書館、街坊藝文活動中心，還是水晶燈紅地毯、一張椅子一萬塊的現代演藝廳？要補強的是中國的還是西方的、現代的還是傳統的、本土的還是國際的？

譬如……

零零星星的研究確實在進行中，但是並沒有整體的藍圖。好像掛一張巨大的文化地圖在牆上，將宏觀的未來藍圖透明疊在現存狀態上，就可以清楚看見自己的強項和弱點。西九龍應該發揮甚麼功能，應該包含甚麼設施，應該或不應該做甚麼，必須放在這樣一個宏觀、前瞻的藍圖上去思索，才是負責任的規劃。

沒有全面的研究調查，沒有宏觀的文化藍圖，也渾然不談香港的文化定位，就把西九龍交給財團去自由發揮。財團怎麼做呢？他關心香港的藝術發展嗎？他瞭解香港的文化潛能和文化困境嗎？他有文化的前瞻能力嗎？他對邊緣人、小市民的文化公民權要負起責任嗎？

西九龍落在商人手裏，於是我們就看見典型的香港商業操作上演：一個說，邀了龐畢度來開分店，另一個就說要與古根漢合作，第三個更厲害，找來了「八國聯館」，號稱要聯合北京的故宮、芝加哥美術館、俄羅斯埃爾米塔日故宮博物館、羅浮宮和奧塞、澳洲博物館、英國維多利亞及亞伯特美術館、多倫多皇家安大略博物館、西班牙普拉多美術館。商人玩藝術家、建築師、美術館的名字跟他們玩 Gucci 皮包、Bali 皮鞋、Armani 服飾、Dior 化妝品手法一樣，只是文化的意義被淘空。

有沒有人在問：這些聲名顯赫的國際美術館進到西九龍，為香港人帶來甚麼？香港的孩子會得到更好的藝術教育？本地的藝術家會得到更多發表的空間、創作的資源？香港文化會從此紮根，香港人會因而對香港文化更有自信？還是說，香港因此會吸引法國人來香港看羅浮宮和奧塞分店，吸引美國人來香港看古根漢分館，吸引俄羅斯人、加拿大人、西班牙人來香港看他們國家的東西，或者北京人來香港看故宮典藏？

西九龍究竟是為甚麼而建？為誰而建？更核心的是：香港的文化藍圖究竟是甚麼？人文素養的厚植、文化發展的永續，策略又是甚麼？如果對人文有關懷，對未來有擔當，這些問題都是決策者不能逃避的問題。

但你不能對商人這樣要求；商人是為了賺錢發財而存在，政府才是為了關懷和擔當而存在。對香港的孩子、藝術家、文化發展、城市前途有責任的，不是這些商人，是政府。當政府沒有關懷和擔當時，那就是一個有問題的政府。

開發，是香港的意識形態

老區成片成片地剷除，新區不經思索地開發，財團老闆坐在推土機的位子上指揮，政府官員坐在冷氣呼呼的辦公室裏微笑。當財政司長笑瞇瞇地宣佈要「開發」大嶼山——建設刺激遊樂場、水上遊樂場、高爾夫球度假村……我又像野貓一樣弓起背、毛髮直豎，想問：你的二零三零年城市藍圖是甚麼？發展還是保育的抉擇、香港的城市定位，都清楚了嗎，在你把綠油油的大嶼山交給財團、變成工地之前？

在香港，經濟效益是所有決策的核心考量，開發是唯一的意識形態。「意識形態」的意思就是，它已經成為一種固執的信仰，人們不再去懷疑或追問它的存在邏輯。所造成的結果就是，你覺得香港很多元嗎？不，它極為單調，因為整個城市被一種單一的商業邏輯所壟斷。商廈和街道面貌就是一個最明顯的例子：不管是又一城還是太古廣場還是置

地廣場，一樣的建築，一樣的商店，一樣的貨物，一樣的品味，一樣「歡迎光臨」的音調。走在光亮滑溜的廊道上，你看見物品看不見人，物品固然是一個品牌的重複再重複，售貨員也像生產線上的標準模。連咖啡館都只有標準面貌的連鎖店。

如果僅只在這些大商廈裏行走，你會得到一個印象：**香港甚麼都有，唯一沒有的是個性。大樓的反光，很冷；飛鳥誤以為那是天空，撞上去，就死。**

城市發展的另一種可能是：老街上有老店，老店前有老樹，老樹下有老人，老人心裏有這個城市特有的記憶，他的記憶使得店舖有任何人都模仿不來的氛圍、氣味和色彩。如果不是老店，那麼甚麼都不怕的年輕人開起新店，店裏每一根柱子，柱子上哪怕是一根釘子，都是他性格和品味的表達。離了婚的女人開起咖啡館，每一隻杯子、每一張桌布每一瓶花草都是她個人美學的宣示。老婆婆的雜貨店賣的酸菜還泡在一個你從小就看過的陶缸裏，成為你日後浪跡天涯時懷鄉的最溫暖的符號。

香港不是沒有這種個性和溫暖，買得到野薑花的石水渠街、印過喜帖和革命文宣的利東印刷街，都是香港最動人最美麗的城市面貌。但是在「開發」的意識形態主導下，他們在一條街一條街的消失，被千篇一律面無表情、完全看不到「人」、看不到個性的都市建設所取代。

政府和財團進行土地的買賣，嘴裏吐出天文數字，對着鏡頭談經濟效應；我納悶的是，那麼誰在負責思考：我們要一個甚麼樣的香港？

你可認識歌賦街？

我所目睹的二十一世紀初的香港，已經脱離殖民七年了，政府是一個香港人的政府，但是我發現，**政府機器的運作思維，仍舊是殖民時代的思維**。殖民思維有幾個特點：它一不重視本土文化和歷史，二不重視草根人民，三不重視永續發展。

英國人統治時，他所立的銅像、所寫的傳記、所慶祝紀念的生日忌日、所歌頌的傳奇、所愛惜的古蹟，所命名的街道，當然都是英國角度出發的人物和歷史。對於中國和香港本土的歷史記憶，是漠視和輕視的。王韜、康有為、梁啟超、孫中山、魯迅、蕭紅、張愛玲、許地山、戴望舒、蔡元培、錢穆、徐復觀、余光中……這些名字都沒甚麼意義。華人因鼠疫而死亡的口述歷史、房舍因大火而焚燒殆盡的遺址、鄉民因抗英而犧牲的地點、大罷工時工人集會的廳堂、文人因反日而被害的日記、魯迅演講的大堂……在殖民者眼中，無關緊要。

於是所謂「脫離殖民」，最重大的意義之一就是，人們回頭去把自己被扭曲、被改寫、被漠視被輕視的歷史挖出來；把被殖民者丟到垃圾堆裏的祖母的日記找回來，擦乾淨，重新，一字一句地辨認，一字一句地讀，從脆弱泛黃的紙張和蒼白的字跡裏，重新發現自己是誰。「脫離殖民」意味着，每一個香港孩子走過中環歌賦街時，知道「歌賦」（Gough）不過是英國陸軍中將的名字罷了，但是他更知道歌賦街四十四號的中央書院是孫中山讀過的學校，歌賦街二十四號是孫中山、陳少白等「四大寇」意興風發秘商革命之處。

「脫離殖民」意味着，把殖民者所灌輸的美學品味、價值偏重和歷史觀點——不見得推翻，但是徹底重新反省，開始以自己的眼光瞭解自己，開始用自己的詞彙定義自己；後殖民的政府會把本土的文化歷史古蹟、老街老巷老記憶，即使不美麗不堂皇不甚體面，一點一滴都當作最珍貴的寶貝來保護珍愛。

我沒看到這個過程真正在香港發生。

文化缺席的政府

更確切地說，殖民者並非僅只不重視被殖民者的文化，他原則上不重視文化，因為文化是思想，思想勢必意味着獨立思考和價值批判，這些都是對統治的障礙。從香港政府的組織架構就看得出，文化在這個城市的管理和發展上，是毫無地位而且極端邊緣的。香港沒有文化的專責機構，文化藝術「夾帶」在民政局的業務內，與捕鼠滅蚊、足球博彩、郵票設計、幫傭管理、游泳池清潔、大廈與旅館業監督等等混在一起。民政局的「使命」列出十四條，其中只有兩條直接與文化有關，哪兩條呢？

最重要的是文康，也就是說，香港對文化的理解還停留在辦理康樂活動的層次。另一條是古蹟保存。把古蹟保存列為十四條之一，不是很不錯嗎？但是你發現，古蹟保存的工作是由一個層次極低的三級單位來負責。在民政局屬下還有各種圖書館、藝術館、博物館等等，各自辦理自己的活動。這個結構所凸顯的是，文化處於下游，根本進不了最上游的決策，或者說，在最上游的決策機制裏，根本就沒有文化的思維和視野。

我們可以想像這樣一個鏡頭：最高的決策會議討論中區警署的議題時，財政司長、工商局長、經發局長、運輸局長、房屋及規劃局長可能都從經濟本位去發言，那麼誰站起來為古蹟的文化傳承和歷史意義去力排眾議、「咆哮公堂」呢？民政局長的本位不一定是文化，可能是民政。所以文化的位子上，其實是空的。所有的決策，就在文化缺席的狀況下，做了。**在一個文化缺席的政府結構裏，當然經濟效益可以超過任何別的考慮，開發意識形態可以勢如破竹地進行，都市建設可以由財團主導，城市品味由工程及經濟官僚決定……**

為甚麼會這樣呢？殖民者在的時候，他無心厚植文化根底是可以理解的，因為他知道自己遲早要走，香港不是他的家。開發是理所當然的意識形態，開發所得，豐富了他的母國——他真正的家。至於開發是否犧牲一些其他的價值，譬如社會公義或歷史情感或造成文化的虛弱，他不必在意。於是所謂脫離殖民，意味着後殖民政府回頭去挑戰殖民者的開發至上哲學，把殖民者所忽視的價值翻轉過來放在首位思考：對貧民和弱勢的照顧、對文學和語言的重視、對文化和歷史的強調、對綠色土地的鍾愛、對下一代人文教育的長程投資等等，一種「厚植本土、文化優先」的思想，在被殖民者自己當家作主之後會取代「唯利是圖」的功利思維，變成新的主流哲學。也就是說，在後殖民政府裏頭，文化理應成為首席局。

但是我並沒看到這個過程在香港出現。

一萬個口號抵不過一支老歌

殖民者挾其母國的現代化優勢，他的政府一定是由菁英思維主導的，「民可使由之，不可使知之。」政府官員掌握知識、能力和權力，一切的決定由上而下貫徹。捉襟見肘時，一通午夜的電話掛往母國，第二天早晨已有指示。母國畢竟文化厚重，經驗嫻熟，往往還在殖民地創出優越的成績。於是所謂脫離殖民，就是在別人的「大腦」抽走了之後，開始產生自己的想法，自己的想法從哪裏來？當然是民間。

脫離殖民意味着政府從原本居高臨下的菁英位置走下來，與自己的平民站立在同一高度對話；中區警署保存或開發，灣仔老區保護或拆除，由市民的意志主導。康文署也不再是所有活動的主辦者，不再掌握所有資源，不再是藝術家和表演團體仰望的施捨者，民間自己實力強大、百花齊放。脫離殖民意味着本地的學者、專家、文化人會取代殖民者的「大腦」深入政府的決策過程，不再坐在林林總總的「諮詢委員會」裏當政府假裝民主的花瓶，而成為影響社會發展的實質主要動力；西九龍的文化定位，大嶼山的開發與否，都會有一個深刻的公民辯論、知識界文化界專業較勁的過程。同時，當人民開始真正參與決策，開始有權利決定自己的未來時，公民社會於焉成形。

我也沒看到這個過程真正在香港產生。

我目睹的，反而是另外兩種過程。一方面，殖民者的思維模式和運作方式照樣推着香港快快走，用原來的高效率，但完全不見「大腦」的更新。另一方面，新的

「公民教育」悄悄發酵：「心繫家國」把中華人民共和國的國歌調成甜甜的飲料，讓香港人喝下一杯「愛家愛國」。幼稚園的孩子們學唱「起來，起來，起來……」公民教育被簡化為愛國教育，愛國教育被簡化為愛黨的政治正確〔2〕。

中國，不是不可以愛。殖民者曾經多麼地防備你去愛它，連鴉片戰爭都一筆帶過。但是中國值得香港人去瞭解、去愛的，是它的法官還是它的囚犯？是它的軍隊還是人民？是唐詩宋詞還是黨國機器？是它的土地還是它的宮殿？香港如果要對中國做出真正重大的歷史貢獻，是去順從它還是去督促它？**公民教育該教孩子的，恐怕不是愛甚麼，而是怎麼愛，如何選擇所愛。**

真正的公民教育，是讓老師們帶着孩子去行香港的山，教他們認識島上的野花野鳥；是讓維園阿伯成群結隊地去開社區大會，辯論灣仔老街市該不該拆除；是讓大學生在做了中區警署的歷史訪查之後，組隊到政府大樓去示威抗議；是讓中學生學習關懷尼泊爾和印度裔香港人的悲苦和孤獨，讓社區媽媽們組織「濕地保護協會」、「石澳文史工作室」、「古蹟之友基金會」……。

真正的公民教育是讓下一代清清朗朗以自己腳踩的土地和文化為榮。真正的公民教育是讓孩子們知道，當你不同意一個政府的思維和決策時，你如何站出來挑戰它、打敗它。

如果讓假的公民教育生根，令人擔心的是，香港人還沒來得及從前面一堆廢紙堆裏找出祖母的日記，已經被後面轟隆傾倒下來的新的紙堆撲倒。

所謂脫離殖民，意味着被殖民者開始認真地尋找自己、認識自己、發現自己、疼愛自己。每一次遊行，每一次辯論，每一場抗爭，都會使「我是甚麼人」的困惑變得清澈。每一棟老屋被保存，每一株老樹被扶起，每一條老街被細心愛護——即使是貧民街，都會使人們驚喜：原來我的腳所踩的就是我的家、我的島、我的國。要人民愛家愛國嗎？不要花納稅人的錢去製作宣傳吧！你不要拆掉他的老屋老街，不要剷除他的參天老樹，不要拆散他的老街坊，不要賣掉他祖母的日記本，他就會自然地「心繫家國」，歌於斯，哭於斯。

認同，從敢於擁抱自己的歷史和記憶開始，而一萬個政治人物的愛國口號呼喊，不如一支低沉的老歌，一株垂垂老樹，一條黃昏斑駁的老街，給人帶來抵擋不住的眼淚和纏綿的深情。老歌、老樹、老街，代代傳承的集體記憶，就是文化。公民社會，從文化認同開始。

中環價值，無法創造人文底蘊；殖民思維，無法凝聚公民社會。而且，別再告訴我「香港人雖然沒有民主，但是有自由」，因為沒有民主保障的自由是假的自由，它隨時可以被你無法掌握的權力一筆勾銷，再說，中區警署若是拆個精光，你能怎麼樣？但是你能怪政府嗎？連小學生都知道：有甚麼樣的人民，就有甚麼樣的政府。所以，香港，你往哪裏去？

光與熱之必要

這裏所有的批評，都是以偏概全的，因為明明已經有這麼多人正在努力，不管是民間還是政府內部：保護海灣的運動，灣仔區議會對灣仔老區的關懷行動，四年前文化委員會成員的點滴心血，牛棚書院、Project Hong Kong 和種種社運團體的努力、媒體文化版的持續討論，專欄作家的日日呼籲，甚至民政局所主導的種種文化論壇……在在都顯示，香港的公民能量和人文反思有如活火山地殼下的熱氣，在噗噗蠢動。七一遊行，是熱量的凝聚。但是，原有的中環價值和殖民思維堅固巨大如鐵山，七年了，鬆動的，是那麼地少……

我只能把黑人作家James Baldwin的話偷來，送給所有正在艱難地放光放熱的香港朋友們：「文化傳承是內聚的，它約束了我；天賦權利是外擴的，把我和所有生命永遠地連結。但沒有人可以只要那天賦權利而不接受他的文化傳承。」[3]

二零零四年十一月九日

註：

〔1〕戴望舒是詩人，《星島日報》副刊編輯，因宣傳抗日而被日人於一九四二年春天監禁於域多利監獄。

〔2〕《心繫家國》是香港政府民政事務局轄下的公民教育委員會和青年事務委員會共同成立的國民教育專責小組製作、為主權移交中國後加強香港人國民意識而攝製的電視宣傳短片。《心繫家國》共分二輯，分別於二零零四年十月一日及二零零五年十月一日開始，在香

港各大電視台晚上六點半黃金時段播放。

首輯《心繫家國》是中華人民共和國國歌《義勇軍進行曲》的音樂錄影帶。畫面是香港年輕人在市面上高唱國歌，中國各地民俗與風光，中華人民共和國奧運代表隊、發射太空船等新聞事件的剪輯。畫面以隸書寫出「心繫家國」四個字。宣傳片製作費一百二十萬港元。

首輯《心繫家國》在播出時，當中的國歌及片段被指出有其「洗腦」之疑。有見於此，《心繫家國》第二輯停用國歌歌詞，改以純音樂版本播放。

政府及「愛國人士」認為，此片段可加強香港人對國家的認同感，但更多人——即普羅大眾，都指出片段是「洗腦」、「硬銷」，把國內的一套硬加於香港。——維基百科

〔3〕“My inheritance was particular, specifically limited and limiting. My birthright was vast, connecting me to all that lives, and to everyone, forever. One cannot claim birthright without accepting the inheritance.”

呼喚公民運動的開展

西九龍在兩週之內已經從文化事件滾雪球成政治事件，考驗着文化界的決心，考驗着香港政府處理危機的政治智慧，同時考驗着香港社會邁向公民社會的潛力。看起來極迫切的，對政府而言是如何「進」而不造成政治風暴，如何「退」又不顏面盡失；對文化界而言，是如何在最短的時間之內提出具體的替代方案，同時團結各界以及市民；對社會大眾而言，是如何辨別何是何非，支持甚麼立場又反對甚麼立場。作為一個關心香港長遠未來的文化人而言，我只能提供微不足道的台北經驗，給香港朋友做「他山之石」的思考。香港人開闊大氣，容許我多言。

尋找廢樓

台北市經過十幾年的辯論、研究、籌備，歷經好幾任市長接續的努力之後，在一九九九年終於成立了全台灣第一個文化專責機構：台北市文化局。在歐洲離群索居、閉門讀書十三年的我在那一年的秋天踏入了市政府的大門。為台北市的文化發展做了三年三個月又三天的擘畫，我沒有建一座新的高樓，沒有興一個大的工程。上任之後做的第一件事倒是一件極不起眼的小事：協調財政局普查台北市所有閒置空間。所謂閒置空間，就是所有不在使用中的辦公大樓或官員宿舍或倉庫工廠或監獄學校等等。調查結果出來，有一百多棟這樣的房舍建築。

然後去實地視察這些閒置房舍，將之一一分級：殘破不堪，不值得整修的是一級；些微破舊，但是稍加維護就可以重新使用的，是一級；完好無缺，可以直接利用的，又是一級。

最要小心的，是中間這一級，因為在其中有許多是富有歷史意義而人們還沒認識到它的意義的老屋。更多的歷史建築其實藏在中央國有財產局的手中，不歸市政府管轄，但是我們一發現有歷史價值，就馬上引用「文化資產保存法」與中央機關協調或談判，極力搶救。華山酒廠、松山煙廠、錢穆和林語堂故居、李國鼎和殷海光故居、舞蹈家蔡瑞月故居、紅樓劇場等等的保存、修復、再利用，在幕後都經過與許多單位長時的協調與折衝。

傳承不斷

為了打開台北市與國際文化接軌的通道，我計劃成立全台第一個國際藝術村，地址，就在這一百多個廢棄空間裏去尋尋覓覓，最後相中了台北火車站附近的一座荒廢了五六年的辦公大樓。去勘查時，剛剛下過雨，雨水從屋頂流入室內，地板一片綠色積水，蚊子密密麻麻貼在牆角。

林百里，一個在香港大埔墟長大的企業家，捐出兩千萬元作修繕費。今天，這個「台北國際藝術村」裏有小小的咖啡館，有定期的藝術展覽、一場接一場的文學和美學講座，透過它，台北市和世界上數十個城市進行藝術家的交換。來自各地的作家、導演、舞蹈家、畫家、音樂家在小樓裏駐足，穿梭台北的大街小巷，離去時，帶着一份台北的感情烙印而走。

只是一棟樸素而簡單的四層小樓房，但是藝術家給了它脫俗的性格和不一樣的氣質。

我去看中山北路一棟廢棄了二十二年的「鬼屋」，前美國駐華大使官邸。中華民國與美國斷交之後，大使匆匆離去，這棟曾經政要雲集主導過中美關係的房子由極度的繁華逐漸沉入遺忘，中山北路的車水馬龍已不記得任何故事。公元兩千年我去的時候，庭院的草木猶如叢林濃密，要用開山刀除草才能進入；我們穿着長靴，怕有二十年未曾驚動的蛇在沉睡。進到當年宴請過尼克松的客廳，壁爐還在，只是一株樹，虎虎生風從壁爐長出，爬竄到二樓，樹冠破屋頂而出。

卸下每一塊老磚舊石，做上印記。每一株庭院裏的樹，編上號，再將老屋一點一點恢復過來，花了兩年的時間，六千萬元張忠謀先生的捐款。現在，這棟「鬼屋」有一個小小的誠品書店，無數的人文講座，藝術家和導演們愛泡的咖啡館，還有一個侯孝賢在負責的藝術電影院。對年輕一代的台北人而言，這棟老屋成為新的文化地標，開始寫二十一世紀的感情記憶。但是二十一世紀的感情記憶和他們父輩的記憶是緊密相連的，傳承不斷。

花了三年半的時間一心一意地、一磚一木地修復老建築而完全不興土木，當然不是偶然，不是未經思索的。大多數的政治人物都會選擇「形象工程」，爭取興建嶄新的大樓大廳來做人們「看得見」的「政績」，我並非不知這個道理，但是**一個城市不是為了政治人物而存在的，更不會因為工程而偉大**。幸運的是，授權與我的市長剛好不是一個好大喜功、作假邀功的市長。台北的人口如此稠密，土地如此侷促，開闊的空間如此稀少，這個城市所需要的究竟是不斷的「增建」還是一種「**減的美學**」呢？當你有一百多棟建築是低度利用或閒置不用的時候——如果加上中央政府的閒置空間，那個數目就要加好幾倍，你有甚麼理由去不斷地增加建築呢？

在擁擠不堪、高樓壓迫的城市裏，「減」的美學必須被認真思考；在物質過度充斥的城市裏，「儉」的倫理應該被重新認識；在聲光色彩刺激感官到極致的城市裏，「簡」的哲學應該成為一種平衡。

再說，台北經過五十年日本殖民，經過四十年國民黨的嚴厲統治，經過十幾年的民主動盪、分歧和政爭，是一個正在尋找社會共識，迫切需要建立文化認同的城市。有甚麼比老房子、老街老樹老地標，更能喚起人們共同的回憶，更能激動人們共同的情感呢？一座老教堂，一個戰時蓄水池，一條石板街，一個雞鴨魚肉混雜、人聲鼎沸的菜市場，一個土裏土氣的小火車站……可以勾起人們最深的記憶，而最深的記憶其實就是鄉土之愛，它可以縫補代溝的裂痕，可以超越政爭的對立。每搶救一棟廢棄的老建築，市民的共同記憶就加一分。每恢復一棟老屋讓它風華再現，市民的文化認同就深一層，對這個城市的感情就多一分。這些看不見的「得分」，不是新的高樓做得到的。

「土」的魅力

我所以把資源和力氣投擲在修復古蹟和老屋，不僅只是希望納入「減」的美學，「儉」的倫理和「簡」的哲學，更為了讓一個歷史不斷流失、共同記憶薄弱的城市可以實實在在擁抱我們共同的土地、共同的過去。

當我前瞻城市的未來，也相信，全球化的力道愈大，把世界上每一個城市的面貌都用所謂「現代」的、「進步」的品味給公式化、標準化時，愈「土」的城市反而愈有將來的競爭力。「土」，意味着傳統文化的魅力，意味着地方獨特的個性，意味着「人」的感覺真實醇厚，生活的熱烈和情趣自然而不做作。有一天，當Norman Foster或者庫哈斯或者古根漢的分店到處都是的時候，那看起來還帶着一點「土」氣與本色的城市反而會成為最有吸引力的城市。

高樓不是不可以建，發展不是不值得追求，商業不是不可以結合文化，現代化不是不值得嚮往，危險的是將高樓大廈當作唯一的美麗，把發展當作單一的標準，讓商業綁架了文化，將現代化簡單地解釋。

甚麼使城市可愛？

有一天，當香港整個變成「中環」——時代廣場、置地廣場、朗豪、Mega Tower消滅了所有的老街窄巷熱鬧的菜市場，相信我，觀光客也興致索然了。他們將湧向澳門，因為澳門還有歷史的痕跡、古樸可愛的「土」；他們將湧向台北——雖然台北的現代化基礎建設落後香港很多，因為台北還有阿公阿婆的雜貨店、坐在榕樹下唱南管的老人家、文學家的故居裏坐滿才氣洋溢的文藝少年、武術館裏舞獅舞龍的壯漢、喝苦茶談天下事的紫藤廬、土裏土氣但是清香撲鼻的青草巷——現代神農採藥人在嚐他的七葉膽……，香港？不過一個購物的超級商場罷了——如果它這樣走下去。

你會問，保存老街老巷的「土」香港跟「西九龍」有關係嗎？

有。如果香港要保持它的城市魅力和競爭力，它勢必要先釐清最基本的問題：西九龍是否能增添香港的城市魅力？如果主要目的是對外觀瞻，那麼十年後、二十年後會吸引國際觀光客的，究竟是灣仔和石塘咀的老街、石澳的小村，還是眼前財團所規劃的全球化現代都市面貌？誰，做過這個前瞻性的研究？如果主要目的是對內厚植香港文化，培養創意人才，那麼四個博物館、三個演藝廳究竟如何達到這個目的？現存的文化中心只有六成滿座，藝術館博物館參觀人數低得可憐，戲劇欣賞人口十年前是四萬，十年後還是四萬，西九龍再大量開闢設施，是為了誰？欣賞人口如何產生，在二零一二年以前如何倍增再倍增？誰，在思考軟體和內涵的配套？

「小政府」？

這時候，有人說，香港政府是「小政府，大民間」，所以這些規劃政府不需要做。我認為這是對公民社會的誤解。所謂「小政府」指的是，凡是民間有能力作的，政府放手，不與民爭；但是民間沒有能力做的，或者對公眾有益但是因為無利可圖而商業機制棄之不顧的，政府就必須扛起責任。民間若有經營管理能力，那麼美術館、展覽廳都可以外判，而且應該外判以培養民間的文化行政和經營能力；但是，長遠的文化政策和全面的藝術教育，是香港民間有能力做的嗎？是商業財團扛得起來的嗎？在這種文化的「基礎建設」面，政府不做是失職的。政府在政策面該「大」，在經營面可「小」，而不是在經營面讓公務員一把抓，做「大政府」，剝奪了民間的參與和成長機會，而在宏觀的政策面卻又自動棄守，說自己是「小政府」。結果就是文化建設拚命往上築高，但地基是空的。西九龍，是不是這樣的建

SATURN
波記
POR KEE GIASS & FRAMES

築呢？

西九龍不是不能做，文化設施不是不需要，地產也不是不能輔助文化，問題在於，如果對於基本問題都沒有想清楚沒有答案，四十公頃的城市土地用硬體工程蓋滿，蓋滿之後呢？數碼港做好了，貝沙灣的地產變成第一名，香港的「數碼」科技呢？

公民教育的教室

文化人要成立八百人的監督團體與政府抗衡，建築師學會、營造廠商、立法會議員各有立場，財團在看得見和看不見的地方各處使力，傳媒熱切追蹤，針鋒相對，性急者到北京告狀，政府焦頭爛額、進退維谷……已經有人將西九龍爭議與二十三條相提並論，看出它的政治危機。我想說的是，這真是香港最美好的時代：今夕何夕，文化竟然成為整個社會的焦點；今夕何夕，文化建設竟然成為財團和政府念茲在茲的任務。甚麼時候，文化界竟然如此團結，如此迅速，如此高效率；甚麼時候，市民竟然開始關心香港的文化和它的長遠未來。

如果說，透過六四集會，香港人是在否定某種意識形態說「不」，透過七一遊行，香港人是在宣示一種肯定的「我在」，那麼此刻對西九龍的辯論、爭吵、角力和鬥智，香港人已經不僅只是在抽象的政治層面模糊地摸索認同，而是在最具體最實在的實踐層面上表達自己對這片土地的認真與在乎。在我眼中，今天香港人對西九龍的關心和抗議，是七一行動之後更進一步的公民成熟。大學生社團應該開始組織「文化關懷小組」去研究西九龍（別忘了中區警署）；中學老師可以把西九龍的公開辯論當作公民課的教材，帶學生去聆聽，在課堂裏討論；新聞系、文化研究系所、建築學院、城市規劃系等等可以把西九龍當案例來實習；公共行政系可以檢驗政府的決策過程；小學老師可以趁機教孩子們認識香港的發展史和建築美學入門……。

如果政府不把文化人的聲音當作「雜音」，不把異議者想成麻煩，而把所有的抗衡行動看做民間力量的養成過程去尊重，把文化人看做自己應該服務的對象去理解，危機或可變成轉機，公民社會運動在香港正式開展，那麼到現在已經有所鬱積的負面情緒都可以轉化為社會進步的正面能量〔1〕。

二零零四年十二月一日

註：

〔1〕新任特首的曾蔭權於二零零五年十月七日提出新建議，將計劃中的地產及文化項目分開，中標地產商須分出一半商住項目的發展權。住宅項目的地積比率亦限制在一點八一倍，佔整個項目不得多於兩成，文化設施面積最少要有十八萬五千平方米。中標地產商亦需注資三百億港元，政府將成立一家法定機構處理及維修未來的文化項目。二零零六年二月二十一日，政務司司長許仕仁於立法會宣佈，由於沒有發展商承諾參與，即三個財團未能接納政府提出的修訂模式，西九龍文娛藝術區邀請發展程序結束，政府唯有放棄原有發展框架，不再堅持建天篷，重新上馬，並成立諮詢小組再研究西九問題並審視核心文化項目，這標誌西九龍文娛藝術區正式「推倒重來」。

為甚麼燈泡不亮？

——我看香港的「國際化」

「雜碎」的國際報導

挑出二零零五年三月十二日那一天台灣幾個比較認真的報紙，尋找國際新聞，發現每一個報紙不超過十條。其中兩三條是政治的即時性新聞，譬如歐美協議如何處理伊朗核武的威脅，剩下的，全是國際的鹹濕「社會新聞」：

美國強暴犯當庭槍殺法官。

麥可傑克森性侵兒童案繼續。

性侵幼童德國神棍被捕。

十三歲男童強暴女老師。

紐約警察受僱作槍手殺人……

國際化程度明顯超過台灣的香港，應該很不一樣吧？我的發現讓我自己吃了一驚，幾份主要的香港報紙的國際報導竟然和台灣的幾乎一樣，當天還多出一條台灣沒有的：一夜歡情，某國某男子把「陽貨」卡在戒指中。

那麼究竟當天世界上發生了些甚麼事呢？我只好上網瞧瞧。美國觀點的《紐約時報》有這些：

英國的「非洲調查報告」出爐，要求每一個先進國家將外援大幅增加到國家預算的百分之零點七。英、法、西班牙都已做到，美國卻落後很遠。

敘利亞自黎巴嫩撤軍。

玻利維亞總統梅薩得到國會支持，繼續執政，但是政治情勢極不穩定。

美國法院判決，美國政府應對匈牙利猶太人賠償二戰間所掠奪的財產……

歐洲觀點的《法蘭克福匯報》有這些：

歐盟準備限制中國紡織品進口，因為中國紡織品嚴重威脅歐洲經濟。

華人在柏林遊行，抗議中國政府的西藏政策。

伊拉克的經濟重建碰到很複雜的問題。

馬其頓大選被指控作票。

法國哲學家談車臣獨立的坎坷以及俄羅斯的霸權……

政治新聞之外，還有財經的和文化方面的國際新聞，譬如聯合國經濟學家對全球化的看法，譬如巴西的小説家、伊朗的電影導演、古巴音樂的評介等等。

三月十二日的日本《讀賣新聞》網上版有二十條國際新聞；新加坡《聯合早報》網上有八條國際新聞，加上轉載十五篇與國際有關的報導。

對比之下，台灣和香港的中文媒體，不知誰影響了誰，還真像：國際新聞的量非常少，而在極少量的國際新聞中，有高比例的姦淫擄掠聳動「雜碎」，要不然就是浮面的瞬間發生的事件。事件之前的歷史脈絡和深層意義，事件之後的思潮形成和可能影響，事件與事件之間的抽絲剝繭等等，卻極為欠缺。

大學生知道甚麼？

這樣的發現令我驚訝，因為，香港的國際化程度超過台北，是一個那麼明顯的事實。二零零四年台灣有一百零三萬人次的觀光客，香港的觀光客卻超過兩千一百萬人次，是台灣的二十倍。兩千一百萬人次中，一半來自中國大陸，但至少有一半來自世界各國。觀光客多的城市，不可能是一個太閉塞的城市。

台灣在政治上全面孤立，長年被排除在國際社會之外，相對之下香港與國際的接觸機會特別多，各形各色的國際會議此起彼落、經年不斷地在這裏發生。就以二零零五年十二月世貿組織將在香港開會來說，一個這樣的會議給香港人帶來甚麼？因為要負責協調，從官員到最底層的小公務員，在與各國政府和代表不斷的來往溝通中，接觸了國際的議題，更學到國際應對的技巧。衝着世貿會議，全世界反全球化的組織也動員要來香港抗議，由香港的民間團體負責統合。於是香港的民間團體從統合的運作中也將學到全球性的組織操作，而且在一瞬間就與全世界的反對組織接軌。至於普通市民，由於屆時新聞的炒作，那平常不關心的人對世貿議題都會得到多一點的認識，平常關心的人則更有機會取得第一手的信息。

每一次國際會議就像一顆石頭拋進池塘裏，漣漪一圈一圈擴散，整個池子受「波及」，而所謂「國際觀」，就是在這種不斷的漣漪「波及」中逐漸累積見識，逐漸開闊眼界，使「池子」裏的人，覺得自己是國際社會的一分子。

香港人和台灣人一個重大的差別在於，台灣人在多年的政治封鎖之下，很不幸地已經相當與國際社會脱節，而香港人，由於歷史所提供的多種族、多元共處環境，以及做為中西交匯點的地理條件，很自然地感覺與國際同一個脈動。南亞海嘯香港人人均捐獻居世界第一，一個很核心的解釋，我認為，是因為香港人覺得那些沙灘上各國各種的死難者，都是他的「街坊鄰居」，很貼近他的心；香港的島上向來就住着無數各國各種的人。太多的「外國人」，其實就是正牌的香港人。

所以香港人其實是在一種國際環境中長大的。可是，為甚麼平面媒體的國際新聞那樣貧乏？

我無法回答。只能說，與國際接觸多，可能不代表人們因而對國際就有深刻的認識，有獨立的觀點。

檢驗這個問題，或許也可以換一個方式來問：香港人真的很有國際觀嗎？譬如說，有多少香港大學生瞭解京都議定書是個甚麼來龍去脈？假定他聽過這個詞，他又是否知道為甚麼俄羅斯簽，美國不簽，中國又簽了沒有？他是否說得出來「溫室效應」究竟影響了甚麼？布殊侵略伊拉克這個行為，包含了幾個層次的意義，可以有幾種立場的觀點？他是否能以全球貧富差距問題進行一場辯論？聯合國的二零一五計劃——在校園裏辦各種活動的學生們，有幾成聽說過？幾成的人知道「撒哈拉沙漠以南」代表甚麼？

把中國放在全球視野中

兩千萬人次觀光客之中，一半是大陸訪客，香港人又從這一千萬人次的到訪中，增加了多少對中國的認識？討論中國的層次，除了喜歡內地人來買黃金和化妝品，除了憎惡內地人講話大聲不守規矩以外，多少人認真地、宏觀地去瞭解中國？從前用英國殖民者的眼光若即若離地看中國，九七之後轉而用「心繫家國」的角度看中國——有熱烈擁抱，也有冷淡排斥。我總是聽見香港人辯論：究竟應該把中國看成一個現代化進程緩慢的實體，與之保持一種距離，努力維持英國人留下來的現代化遺產，不被中國同化；還是把中國看做不容置疑的祖國，無條件地熱愛它、擁抱它、維護它所有的美好和惡劣。

我思索的是：除了這兩者之外，有沒有第三個可能的角度？夾在殖民情結和祖國情結中搖擺困惑的香港人，可不可能加一個宏觀的角度——把中國放在一個全球視野中去瞭解？

對於這麼龐大的一個國家在新世紀的「崛起」，它歷史的悠遠曲折、種族的多元多樣、文化的強韌深厚、市場力量的舉足輕重、政治情勢的複雜微妙、對全球發展影響之巨大深遠，中國根本就是一個重大的全球現象，一個二十一世紀不可忽視的新的國際趨勢。香港人除了「矮矮」地仰頭遠望之外，或許也可以像任何其他

「正常」的社會——法國、瑞典、馬來西亞、日本——一樣，認真而專注地去研究它、深刻而客觀地去瞭解它，理性而自主地去對待它。無條件地擁抱和預設不信任的排斥，其實不是唯一的角度。

但是，在熱烈的「烽煙」節目中，在酒酣耳熱的晚餐桌上，在商人聚會的餐廳酒樓裏，在大學和中學的講堂裏、在青少年的網路聊天室裏——溫室效應、伊拉克戰爭、聯合國扶貧計劃、北剛果的種族屠殺、俄羅斯的民主困境、富國與貧國的劇烈矛盾、中國的嚴重生態問題……這些議題在香港的生活環境裏，被提及、被討論、被辯論的機率又有多少呢？

全球公民意識

確實不少有遠見的人，在大聲疾呼「國際化」的重要。但是不論是在台灣、大陸、新加坡或香港，「國際化」不經思索就被簡化為「學英語運動」；大學爭吵是否將英語變成規定教學語言，中學在憂慮母語教學是否耽擱了國際化的成效，同時英語運動撲天蓋地席捲而來；漢語都還講不好、中文都還不會寫的幼兒，開始上密集而嚴苛的英語課。從上到下其中隱藏的邏輯是，英語好，就有國際觀，就能與國際接軌。

國際觀，與國際接軌，究竟是甚麼意思呢？

回到所謂國際新聞作為一個觀察點。許多西方的重要報紙都特別開闢「學生版」，引導十來歲的中學生關心公共事務。《紐約時報》的學生版比較淺顯，德文《時代週報》的學生版比較深入。差別的原因可能是，美國自居全球強勢，習慣自我中心思維，一般人對國際知識並沒有迫切的渴求，而德國經過兩次戰爭的慘重打擊，對民族主義戒慎恐懼，整個教育內涵極端強調國際參與的角度。漢堡的《時代週報》三月十二日的「學生版」新聞導讀的主題就是南亞海嘯。

學生先讀一篇聯合國經濟顧問薩賀斯的專訪。薩賀斯的主要觀點是，海嘯或地震種種自然災難事實上不僅只是自然災難，受害的輕重與人為因素有關。譬如同樣一場加勒比海颶風，同樣的威力，在貧國海地死傷上萬，在彼岸的邁阿密卻只有十來個人死亡。預警系統的完備、房舍的堅固、政府危機處理的效率、災後重建的財力和救濟網絡，在在都凸顯全球的貧富差距，因此富國對窮國有協助的義務。薩賀斯批評聯合國做得不夠。

由南亞海嘯引出全球貧富問題，由貧富問題引出對聯合國計劃的檢驗。緊接着小讀者會看到這樣一個對照表（我只取其中一部份）：

聯合國二零一五年目標	一九九零—二零零四年進度	對兒童影響
1. 貧窮人口減半 *貧窮人口定義：每日淨收入低於一美元 2. 飢餓人口減半	中國及印度的經濟大幅成長，導致世界平均收入提高，此目標已達成，但實際上撒哈拉沙漠以南，貧窮問題毫無改善。	個人平均所得提高不等於兒童福利提高。即使在印度和中國，兒童處境改善極為有限。撒哈拉沙漠以南國家，兒童處境更惡化。

聯合國二零一五年目標	一九九零—二零零四年進度	對兒童影響
全世界所有兒童都能完成小學教育	撒哈拉沙漠以南非洲國家無法達成	全球有二十一億的兒童失學。以目前發展速度預測，到二零一五年將仍有七千五百萬兒童失學——百分之七十在撒哈拉沙漠以南地區。
五歲以下兒童死亡率降低三分之二	九十八個國家無法做到。在撒哈拉沙漠以南、伊拉克、寮國、前蘇聯地區，兒童死亡率甚至增高。	每天有三萬兒童因小病而死亡。如果各國捐款不增加，兒童死亡率到二零一五年會減低四分之一，達不到三分之二的目標。
婦女因生產而死亡比例降低四分之三	目標只達成百分之十七。每年有五十萬女性因懷孕或生產而死亡。	母親死亡，嬰兒存活率亦受影響。

給學生的討論命題是：

1. 南亞海嘯和貧富差距有甚麼關係？

2. 西方國家有責任嗎？為甚麼有責任？或者貧國之間也缺乏統整？

3. 除了政府以外，跨國企業的責任可能會是甚麼？

4. 比較聯合國的目標和薩賀斯的批評。你覺得他的批評合理嗎？為甚麼你這樣認為？

透過一篇國際報導，中學生認識了亞洲，認識了貧國與富國之間的互動關連，認識了全球災難中自然和人為的因素，認識了聯合國的體制運作，認識了富國對地球村的道義責任。這樣一篇國際新聞，其實是在培養下一代的「全球公民意識」：我們在地球這一端吃的食物、穿的衣服、呼吸的空氣、製造的垃圾、發展或收斂、激進或保守、掠奪或放棄，每一個動作都和萬里以外另一端的人們有最緊密的關連，彼此的作為互相影響，而且最終要共同承擔後果。

有了這種超越國界的公民意識，人們對於自己國內的事務就有不同於以往的評斷標準。所謂國際化國際觀，所謂與國際接軌，指的應該是這種「全球公民意識」

的建立：對於其他國家的歷史和現狀有一定的認識，對於全球化的運作和後果有能力判斷，對於人類社區的未來有所承擔。

有足夠的知識、能力、承擔，去和全球社區對話、合作、做出貢獻，叫做國際化。《時代週刊》這整套對年輕人「國際觀」的培養，是以德文進行的。老師們在課堂裏和學生就國際種種議題的討論，也是以德語進行的。他們可能也會試用英文來對話，但是毋庸置疑的是：用結結巴巴、半生不熟的英語，所能夠達到的思想深度與理解強度，和用自己最嫻熟的靈魂的語言——母語，是不能比的。

將燈泡黏到牆上

有沒有國際觀，能不能與國際接軌，不在於英語說得流利不流利，而在於有沒有深刻健全的「全球公民意識」；所以接下來的問題就是：學英語，就有了國際化，有了全球視野嗎？

一個來自沒水沒電的山溝溝裏的人第一次進城，很驚訝看見水龍頭一扭，就有水流了出來。很驚訝看見牆上的燈泡，一按就有光。於是他設法取得了一節水龍頭和一個電燈泡。回到家裏，將燈泡黏到牆上，將龍頭綁在棍上。結果燈不亮，水也不來。一個北方荒地的人走過南方沃土，看見一片蔥綠豐美的樹林。他把樹全砍下，把樹幹像棍子一樣一根一根栽進他的荒地裏。等了一年，沒有樹林，只有棍子。

燈泡何以發光？因為燈泡後面有一套細密的電路網絡；水龍頭何以出水？因為水龍頭後面有一套完整的供水流程；樹幹何以成林？因為樹幹下面緊連着一套環環相扣的生態鏈結。語言何以啟蒙？因為語言後面有着一整套幽微細緻、深奧繁複的思想系統。我們知道沒有後面那個無形的網絡鏈結，燈泡不發光、龍頭不出水、樹幹不抽芽，但是請問，為甚麼我們認為英語會帶來全球視野和國際觀？

英語，當然非常重要，因為對於非英語人而言它是一個簡便的萬用插頭，放在旅行箱裏，到任何一個城市都可以拿出來，插上電。但是，我們不能因此以為電的來源就是這萬用插頭。事實上，插頭不能供電，英語也給不了思想和創造力。

英語會變成一個強勢語言，是因為在英語的世界裏出現了累積了強大的創造力：用英語思考的人寫出了「大憲章」，發明了蒸氣機和電燈，發動了成功的革命，船堅砲利無所不克，萬商出動縱橫海上，訂下了民主規範，領先了科技的發展，又在思想藝術的領域裏出類拔萃。**是深邃的思想和創造力造就了語言的強勢，不是語言帶來了深邃的思想和創造力。**如果英語人當初被迫要用俄語或中文來進行思考和表達，而對本身母語英文的掌握反而是二流的，是詞不達意的，是粗糙而無法進入幽深細微之處的，我不相信英語文化會如此燦爛有光。

從崇山峻嶺中一縷溪流，千曲百折匯集成大水，轉化成能源，再經過無數精密的設計，最後我們客廳裏的燈泡亮了。可是光的來源是甚麼？不是燈泡，不是插頭，是那起自叢山深處的整套過程。我們要培養國際觀和接軌國際的能力，必須從那大水的起點、民族創造力的源頭去尋找，也就是在自己的文字語言的深水水庫中先學會深潛呼吸和悠游自如，絕不是去買個燈泡，拿回來黏在牆上而已。

二零零五年五月八日

期待人文港大

——對港大畢業生議會的演講

來到港大之前，我對港大一無所知。這份一無所知，屬於「台灣人對香港無知，香港人對台灣無知」的整體「無知」結構裏。為甚麼兩個華人社會，地理位置如此接近、歷史關係如此密切，卻又如此疏遠，彼此努力漠視對方，是另一個話題。我想從我對港大的「發現」談起。

我的研究室在儀禮堂，緊鄰着梅堂，是兩座一九一四年的古典紅磚建築，立在山腰上，望着中國南海的方向。老房子和老人家一樣，每一個房間、每一條皺紋裏，都有故事。我很快就發現，儀禮堂和梅堂原來是學生宿舍，高中剛畢業、才十九歲的張愛玲，拖着一口笨重的大皮箱，來到港大校園，就住在這樣的宿舍裏。可是她住過的那一座，早被拆了。

「冷血」的張愛玲

於是我回頭去讀《燼餘錄》，大概在一九四四年，張愛玲離開香港兩年後，她追憶在港大的烽火歲月。別的作家寫戰爭，可能是憤慨而激昂的、痛苦而濃烈的，張愛玲卻寫得疏淡空曠，好像從一個凹凸哈哈鏡裏去看一個最神聖的東西，荒謬的感覺被放大到極致：

> 在香港，我們初得到開戰消息的時候，宿舍裏一個女同學發起急來，道：「怎麼辦呢？沒有適當的衣服穿！」她是有錢的華僑，對於社交上的不同的場合需要不同的行頭，從水上舞會到隆重的晚餐，都有充份的準備，但是她沒想到打仗……
>
> 我們聚集在宿舍的最下層，黑漆漆的箱子間裏，只聽見機關槍「忒啦啦拍拍」像荷葉上的雨。因為怕流彈，小大姐不敢走到窗户跟前迎着亮洗菜，所以我們的菜湯裏滿是蠕蠕的蟲……

她寫香港淪陷後的「歡喜」：

我記得香港陷落後我們怎樣滿街的找尋霜淇淋和嘴唇膏。我們撞進每一家吃食店去問可有霜淇淋。只有一家答應說明天下午或許有，於是我們第二天步行十來里路去踐約，吃到一盤昂貴的霜淇淋，裏面吱格吱格全是冰屑子。

她尖銳無比地比較上海和香港：

香港重新發現了「吃」的喜悅……在戰後的香港，街上每隔五步十步便蹲着個衣冠濟楚的洋行職員模樣的人，在小風爐上炸一種鐵硬的小黃餅。香港城不比上海有作為，新的投機事業發展得極慢。許久許久，街上的吃食仍舊為小黃餅所壟斷。

我們立在攤頭上吃滾油煎的蘿蔔餅，尺來遠腳底下就躺着窮人的青紫的屍首。上海的冬天也是那樣的罷？可是至少不是那麼尖銳肯定。香港沒有上海有涵養。

她完全不動感情地錄下悲慘世界的圖像：

休戰後我們在「大學堂臨時醫院」做看護病人的日子是修長得不耐煩的。上頭派下來叫他們揀米，除去裏面的沙石與稗子，因為實在沒事做，他們似乎很喜歡這單調的工作。時間一長，跟自己的傷口也發生了感情。在醫院裏，各個不同的創傷就代表了他們整個的個性。每天敷藥換棉花的時候，我看見他們用溫柔的眼光注視新生的鮮肉，對之彷彿有一種創造性的愛……

她對自己的自私和冷酷，有一種抽離，彷彿將屍體解剖學提升到藝術層次去欣賞：

我們倒也不怕上夜班，雖然時間特別長，有十小時。夜裏沒有甚麼事做。病人大小便，我們只消走出去叫一聲打雜的：「二十三號要屎乒。（「乒」是廣東話，英文Pan的音譯）」或是「三十號要溺壺。」我們坐在屏風後面看書，還有宵夜吃，是特地給送來的牛奶麵包。唯一的遺憾便是：病人的死亡，十有八九是在深夜。

有一個人，尻骨生了奇臭的蝕爛症。痛苦到了極點，面部表情反倒近於狂喜……眼睛半睜半閉，嘴拉開了彷彿癢絲絲抓撈不着地微笑着。整夜他叫喚：「姑娘啊！姑娘啊！」悠長地，顫抖地，有腔有調。我不理。我是一個不負責任的，沒良心的看護。我恨這個人，因為他在那裏受磨難，終於一房間的病人都醒過來了。他們看不過去，齊聲大叫「姑娘」。我不得不走出來，陰沉地站在他床前，問道：「要甚麼？」他想了一想，呻吟道：「要水。」他只要人家給他點東西，不拘甚麼都行。我告訴他廚裏沒有開水，又走開了。他嘆口氣，靜了一會，又叫起來，叫不動了，還哼哼：「姑娘啊……姑娘啊……哎，姑娘啊……」

她寫黑洞般幽深昏暗的人性，寫人生的荒涼：

時代的車轟轟地往前開。我們坐在車上，經過的也許不過是幾條熟悉的街衢，可是在漫天的火光中也自驚心動魄。就可惜我們只顧忙着在一瞥即逝的店鋪的櫥窗裏找尋我們自己的影子——我們只看見自己的臉，蒼白，渺小：我們的自私與空虛，我們恬不知恥的愚蠢——誰都像我們一樣，然而我們每人都是孤獨的。

《燼餘錄》像是一個歷盡滄桑的百歲老人所寫，但是當時的張愛玲只有二十四歲。讀《燼餘錄》，我發現，使張愛玲的文學不朽的所有的特質，在這篇回憶港大生涯的短文裏，全部都埋伏了。從一九三九到一九四二年間，穿梭在儀禮堂、梅堂、陸佑堂的山徑之間一個身形瘦弱的港大女生，可能在同學的眼中看起來「怪怪的」，卻是二十世紀中國文學的大河裏一個高高沖起的浪頭，影響一整代作家，形成「張學」現象。

今天一萬四千個港大學生裏，有多少人熟悉張愛玲的作品？

散步的朱光潛

儀禮堂後面，有一條山徑，洋紫荊豔麗無比，百年樟樹浮動着清香，九重葛爛漫攀爬。沿着山徑往上到山頂，可以眺望南海上的山光水色。然後，偶然之間，我讀到朱光潛回憶自己的港大生涯：

我們一有閒空，便沿梅舍後小徑經過莫理遜舍向山上走，繞幾個彎，不到一個小時就可以爬到山頂。在山頂上望一望海，吸一口清氣，對於我成了一種癮。除掉夏初梅雨天氣外，香港老是天朗氣清，在山頂上一望，蔚藍的晴空籠罩蔚藍的海水，無數遠遠近近的小島嶼上矗立青蔥的樹木，紅色白色的房屋，在眼底鋪成一幅五光十色的圖案……香港大學生活最使我留戀的就是這一點〔1〕。

朱光潛，是中國當代美學研究領域的開拓者，寫了《悲劇心理學》、《談美》、《文藝心理學》、《詩論》、《西方美學史》、《談美書簡》等等，其中《西方美學史》是中國第一部全面系統闡述西方美學思想發展的專著。在三十年代的北京，從歐洲留學歸來的朱光潛還在家裏主持一個文藝沙龍，每月集會一次，朗誦中外詩歌和散文，探討辯論詩歌理論與創作的各種問題。沙龍的主要成員有周作人、朱自清、鄭振鐸、馮至、沈從文、冰心、凌淑華、卞之琳、林徽因、蕭乾等人。沙龍所討論和爭辯的問題，又會從小小的客廳裏輻射出去，成為文藝界注目的問題，或者影響到文學和詩歌創作的發展與流變。這是一個中國自由文人的沙龍，摻揉了歐美的風格和眼界，對三十年代文學，特別是「京派文學」的形成和風貌，都有了催化的作用。

朱光潛回顧自己的學術生涯時說，是港大的四年（一九一八到一九二二），「奠定了我這一生教育活動和學術活動的方向。」

今天一萬四千個港大學生裏，有多少人知道朱光潛是誰？

不吃「敵人麵粉」的陳寅恪

許地山，知道的人可能稍微多些，台灣人早期也讀過《落花生》的小品。胡適之向港大推薦聘請許地山作中文系系主任，主要因為台灣出生的許地山既是燕京大學的畢業生，又有美國哥倫比亞大學和英國牛津大學的雙重學位，是一個學兼東西的人。在一九三五到一九四一的六年間，許地山不但改革了港大中文系的課程內容，對整個香港的人文教育也花了很大的力氣，四處演講，宣揚國文程度和人文教育的重要。

但是，我以前不知的是，許地山如何把陳寅恪帶進了港大的歷史。

陳寅恪的學成過程出奇地多元豐富，幾乎像歐洲概念裏的「文藝復興人」：一九零二年他就讀日本弘文學院；同年入讀該校的中國學生還有魯迅。一九一零年考取官費留學，先後到柏林大學、蘇黎世大學、巴黎高等政治學校讀書。一九一四年因為歐戰爆發而回國，一九一八年，再度出國深造，先在哈佛大學學梵文，後又轉往柏林大學攻讀東方古文字學，同時學習中亞古文字和蒙古語。在整個學習期間，他培養了閱讀蒙、藏、滿、日、英、法、德、波斯、突厥、西夏、拉丁、希臘等十餘種語文的能力。

一九二五年陳寅恪回國，成為清華大學國學研究院的「四大導師」之一，與王國維、梁啟超、趙元任共事。一九四零年，陳寅恪為了應英國牛津大學之聘，離開昆明赴香港，準備轉英國，但是歐戰情勢加劇，他因此「卡」在香港。這個時候，許地山就成了留住人才的中間人。當時的馮平山圖書館館長陳君葆日記裏記載了這個過程：

晨晤許先生，他說庚委會撥款若干與港大，史樂詩擬聘陳寅恪在港大任哲學教授，一年為期，待遇月薪五百元〔2〕。

陳寅恪留下，成為港大教授。香港大學中文學會還在薄扶林運動場舉行了歡迎陳寅恪的聚會。許地山在一九四一年過世，陳寅恪就接了他系主任的職位。香港在四一年底淪陷，陳寅恪在飢餓困頓的情況下閉門治學。他最重要的著作之一，《唐代政治史述論稿》，就在這段艱苦時期內完成，序末署的是「辛巳元旦陳寅恪書於九龍英皇太子道三百六十九號寓廬」。一代大家的學術巨作，在風雨飄搖的斗室中思索，在港大的校園裏寫成。

梁啟超在推薦陳寅恪為清華國學研究院導師時曾經說：「我也算是著作等身了，但比不上陳先生寥寥數百字有價值。」毛澤東訪問蘇聯，史達林曾問起陳寅恪的狀況，表示關心；史達林的《中國革命問題》中引用了陳寅恪。日本人佔領香港以後，據說曾經對陳寅恪做過兩件事：一是送麵粉給他。當時生活物質極端困窘，「大概有日本學者寫信給軍部，要他們不可麻煩陳教授，軍部行文香港司令，司令派憲兵隊照顧陳家，送去好多袋麵粉，但憲兵往屋裏搬，陳先生陳師母往外拖，就是不吃敵人的麵粉。」〔3〕第二是據說「香港日人以日金四十萬圓強付寅恪辦東方文化學院，寅恪力拒之，獲免。」〔4〕

今天一萬四千個港大學生中，有多少人聽說過陳寅恪，或者讀過他的著作？

「宣傳共產」的蕭伯納

這時候，或許有人會說，龍應台，你太苛求了。香港是個英國殖民地，對中國文化本來就不熟悉。

但是我還有另一個發現。我發現在一九三三年，當北京和上海各界都在準備盛大歡迎七十七歲的「和平老翁」訪華之前，蕭伯納先來到了香港，在港大禮堂做了一次演講。一般坊間的記錄說，蕭伯納不願意正式演講，只是與學生閒聊，閒聊中，蕭氏說，在大學裏，學生首先要學會「忘記」——「我們聽到、學到的東西，許多是不正確的，要引我們入歧途的。在學校必須學，不學畢不了業，但要會忘記，要將學到的東西忘記。」

可是，我又發現，一九三三年二月十四日，「路透電」的消息說，蕭伯納在香港大學演說了，而且報導的標題是「對香港大學生演說——蕭伯納宣傳共產」，中國各報都刊登了消息。

這時，我才將蕭伯納港大之行和魯迅的文章連了起來。魯迅因為蕭氏的港大演說而讚頌蕭伯納「偉大」：

> 但只就十四日香港「路透電」所傳，在香港大學對學生說的「如汝在二十歲時不為赤色革命家，則在五十歲時將成不可能之僵石，汝欲在二十歲時成一赤色革命家，則汝可得在四十歲時不致落伍之機會」的話，就知道他的偉大。但我所謂偉大的，並不在他要令人成為赤色革命家，因為我們有「特別國情」，不必赤色，只要

汝今天成為革命家，明天汝就失掉了性命，無從到四十歲。我所謂偉大的，是他竟替我們二十歲的青年，想到了四五十歲的時候，而且並不離開了現在〔5〕。

蕭伯納是一九二五年的諾貝爾文學獎得主，他的文學作品、政治思想和對社會的介入，以及他所處的時代思潮，是英語世界裏相當重要的一部份；我們今天一萬四千個港大學生，又瞭解多少呢？

大學是人文精神的泉源

來港大之後，做了種種發現，但是最大的發現還在於：人們一般不知道港大曾經包容過、孕育過這麼重要的文化遺產。孫中山算是港大畢業生，大家都知道，而且津津樂道，但是我不免有些「小人之心」，猜測孫中山在港大之所以廣為人知，還是一個政治的尺度在衡量價值。大政治家，人們記得；大文學家，大歷史家，大思想家，沒人知道。沒人知道，是不是因為，人們太不在乎人文的價值？

香港大學以它歷史的悠久和財力的豐沛，一直在為香港培育兩種人：優秀的政府官員，優秀的專業菁英，譬如律師和醫師。在香港的價值觀和語境裏，我也注意到，社會關注的核心一直是香港的經濟發展，求經濟發展，做決策的政府官員和影響決策的專業菁英顯然是極為重要的支柱。

可是，就以政治、律師和醫師這三種行業來說，哪一行是可以不以對「人」的深刻認識作為基礎的呢？對「人」不夠瞭解，政治就不可能為我們帶來真正的幸福。對「人」不夠瞭解，法律將只是文字的繩索，不可能為我們帶來真正的正義。對「人」不夠瞭解，醫學的種種研究和發明，脫離人的終極關懷，可能變成技術的競賽、腦力的遊戲，不可能為我們帶來真正的平安。我們所訓練的學生，將來要領導這個社會走向未來的菁英，對「人」，有多少深刻的體會和認識呢？

所謂人文素養，其中包括美學、文學、史學、哲學——剛好是我今天所談到的朱光潛、張愛玲、陳寅恪所代表的，其實都是研究「人」的專門學問。你可以說人文是所有學科的基礎科學。而如果我們所訓練出來的學生，將來的政府官員、律師、醫生，甚麼技術都是一流的，但是獨缺人文素養，獨缺對「人」的最深沉的認識，你會不會很不安呢？

當你瞭解了港大曾經有過朱光潛、張愛玲、陳寅恪、許地山這樣的文化遺產，你就發現，是的，在人文精神上，港大似乎有一個斷層。李焯芬副校長提醒我，這種斷層，和五零年代開始，殖民政府因為反共懼共而有心推動的「去中國化」是很有關係的。現在香港跟中國人文思想的「斷層」，不只是香港大學的問題，是整個香港的問題。

他的診斷多麼精確。日本殖民台灣時，也是努力培養農業和醫學的專業技術人才同時壓抑台灣人對思想學科的追求。「去中國化」恐怕還是表面，「去思想化」才更是殖民主義的核心。而今天如果我們意識到問題之所在，加深人文精神的培養，豈不更要成為教育的首要目標呢？

今天的演講，看見校長和幾位副校長都全程在場，看見校友們對港大的前途如此關切，我分外覺得感動。當外面的世界對香港人的刻板印象是「功利」、「勢利」的時候，我自己的發現卻是：香港有特別多滿懷理想主義的有心人，總在尋找為社會奉獻的機會和方式。

兩個建議

因此今天我有兩個具體的建議，一個是比較小的。那就是，希望港大花一筆小小的經費，對港大的歷史做一次徹底的研究調查。它當然也應該包括醫學史、工程史、法學史，但是我想人文史是港大最受忽視的一環。一個完整的、深入的調查研究做好之後，港大的人文史可以浮現：許地山的辦公室門口，陳寅恪的研究室前，被拆掉的張愛玲曾經住過的宿舍遺址，朱光潛曾經流連忘返的校園山徑、孫中山和蕭伯納曾經演講的陸佑堂……，每一個蘊含人文意義的點，都可以豎一個小小的牌子，透過歷史告訴我們一代又一代不斷「提着皮箱」到達校園的十九歲的青年：大學，是一個人文精神的泉源。所有的科學、技術、經濟或商業管理的發明，都必須以「人」

為它的根本關照。離開了人文，一個大學，不是大學，只是技術補習班而已。

另一個建議是比較大的，那就是，希望港大在人文上做最重大的、最嚴肅的投資，把原來就有的，從朱光潛、張愛玲、陳寅恪、許地山，甚至於蕭伯納，所一脈相傳的人文傳統，一個斷掉了的人文傳統，重新焊接，重新出發。港大在百年前成立之初的宗旨，就是為中國培育人才。今天我們不必把它狹隘地理解為為中國培育人才，但是為中華文化培育人才，我想是一個當仁不讓的義務。香港或許此刻文化的土壤過於澆薄，但是以香港獨特的地理位置和歷史條件，它比上海和台北都更有潛力面對整個華文世界，搭出一個人文思想的平台，成為文化的聚光之處。

那麼給予時日，或許將來的港大，會栽培出新一代的張愛玲、朱光潛、陳寅恪。不是偶而南來或者不小心「卡」在香港的文學家、史學家、美學家，而是香港自己土壤裏長出來的才氣煥發的人。這，是我所想像的香港大學的責任。

二零零五年六月十七日

註：

〔1〕《一枝一葉總關情》，劉蜀永編，香港大學出版社，一九九三年，一七四頁。

〔2〕《陳君葆日記》，香港商務印書館，一九九九年。

〔3〕陳哲三「陳寅恪軼事及其著作」，《傳記文學》第十六卷第三期，一九七零年三月。

〔4〕引自蔣天樞《陳寅恪先生編年事輯》。

〔5〕魯迅，「蕭伯納頌」，《申報》，「自由談」，一九三三年三月二十七日。

誰的添馬艦

——我看香港文化主體性

二零零六年六月二日於香港大學的演講

我知道「作客人要有禮貌」。我知道我「不是香港人，所以不懂香港」。我完全承認「你們台灣更糟糕」。所以，講這個題目還真的「我有壓力」，套一句「巴士阿叔」的真情告白〔1〕。但是，我也相信香港人的開闊，容得了善意的坦白。

添馬艦有故事

「添馬艦」這個名詞的來源是甚麼？我問了十個香港人，發現十個香港人都不知道。

於是做了些研究。添馬艦，HMS Tamar，是英國海軍一艘軍艦，建造在一八六三年——太平天國鬧得正凶、美國正在打南北戰爭的時候。是一艘三千六百五十公噸的三桅運兵船，一八九七年以後，留駐維多利亞港內，成為駐港海軍的主力艦。在一九四一年的香港保衛戰中，日軍入侵，英軍退守港島，港府下令炸毀港內所有船隻以免為日軍所用，添馬艦也被炸沉。在一個海軍戰俘的網頁上，我找到那個奉命炸沉添馬艦的士兵的日記：

十二月十一日，海軍忙碌不堪。所有船隻都開往九龍，接駁撤退的部隊……十九點整，上尉下指令要我駛往昂船洲接運傷者。昂船洲已經被連續轟炸了二十四個小時。我運了三個擔架傷者，還有一些勉強能走的傷兵。二十一點，奉命炸沉添馬艦……夜特別黑，一點光都沒有，發射魚雷風險很大……我發射的第一顆魚雷，沒擊中〔2〕。

在同一頁上，還有一個短信，作者的祖父當年是添馬艦的水兵。她問的是：

「我的祖父一直在添馬艦上，可是最後卻死在里斯本丸的災難中。六十年了，有誰可以告訴我他在添馬艦的生活？」〔3〕

戰爭結束後，港府打撈添馬艦，一部份撈上來的木板，據說就做了聖約翰座堂的大門。

沉沒水底的戰爭殘骸，竟然轉化為仰望天空的宗教情操。

一旦知道了「添馬艦」有這樣滲透着血和淚的歷史以後，就很難對添馬艦保持漠然。

但是，為甚麼大部份的香港人不知道這些歷史，彷彿不在乎自己的歷史呢？恐怕也不是天生的冷漠，而是因為在殖民教育中成長；殖民帶來物質成就和現代化，同時也剝奪被殖民者對於歷史的細微敏感和自尊自重。

強勢政府，弱勢社會

今天的添馬艦，原來當然是海水，當年的軍艦添馬艦就停泊在這裏。填海之後，就是中環到金鐘海岸線核心區的一塊多出來的空地，以「添馬艦」為名，紀念香港悲壯的烽火歲月。在它「暫時無用」的幾年裏，添馬艦「意外地」成為香港的市民廣場：一萬四千個人在晴空下圍坐着吃盆菜；五千個人聚在一起泡茶；四千個人在星空下肩靠着肩一起看露天電影。這樣一塊「自由放任」的地，在講究精算的香港絕不可能長久。政府決定在這裏建總部。四點二公頃的地面上，二公頃要闢做「文娛廣場」，另一半要建四棟政府大樓，每一棟大約三十到四十層高。那到底是多大呢？總建築面積，相當交易廣場第一期和第二期總和。建築費用？五十二億。

在剛剛興起的添馬艦的辯論裏，讓一個旁觀者最覺不可思議的就是，這麼重大的、影響城市景觀和生態結構的工程案件，竟然可以如此輕易地「過關」。如果是在紐約，在倫敦，在柏林，在東京，甚至在香港人挺「瞧不起」的台北，曾蔭權所提出的「添馬計劃」有太多問題會讓人大喊「未解決」，要窮追猛打了：

譬如問題一，為甚麼政府總部要搬遷？人均辦公空間是否真的「嚴重不足」？它的人均辦公空間「不足」是以甚麼標準在衡量？跟其他城市的政府空間做過評比嗎？結果如何？跟民間的人均工作空間相比又如何？這些信息若是空白，它如何證明它的空間「不足」？

譬如問題二，假定數據證明空間確實「不足」，那麼高科技電訊溝通系統是否不能補足？當視訊、網路如此發達而且一天比一天發達的時候，傳統的所謂「辦公空間」的需求是否應該有全新的定義？是否做過調查研究？是否充份舉證了科技亦無法補足空間需求？

譬如問題三，假定人均辦公空間的「不足」有了科學的證明，那麼究竟應該繼續租用私人商業空間，還是擴大原有政府設施，還是乾脆遷址新建，針對各種選項是否做過徹底的分析比較？三種選項的經濟效應、環境影響、永續發展的評估等等，是否可以攤開在陽光下供學界挑戰，請媒體監督，讓社會檢驗？

譬如問題四，假定前述分析比較的結果確實是遷址新建為優，那麼，哪一個地址最為適合？為甚麼不是亟需建設的九龍東南？為甚麼不是資源分配偏低需要關懷挹注的新界？為甚麼不是使用率低得離奇的數碼港？為甚麼不是廢棄已久的西環屠房？〔4〕為甚麼一定得是添馬艦？科學的理據和說服在哪裏？

譬如問題五，如果政府總部決定落在添馬艦，那麼九龍東南的規劃是甚麼？那麼政府山古蹟群的未來是甚麼？那麼新填海中環濱海長廊的具體規劃跟添馬艦之間的呼應關係是甚麼？那麼西九龍又將如何？西環屠房要作何處理？

從政府已經披露的資訊來看，這些根本問題都沒有「一個蘿蔔一個坑」的答案，但是五十二億的款項，立法會幾乎沒有異議。各黨派，除了公民黨，很快就不説話了。少數民間團體，只能要求政府在廠商提出標書之後，把模型拿出來展覽。政府既不需要回答對根本問題的追究——因為反正也沒甚麼人在追究；也不必做任何白紙黑字的承諾。答應展出招標事後的模型，還強調這是「破例」，而且人民不能給意見，政府已經給人民很大「面子」，做了「讓步」了。

香港政府真的強勢有為。民間，也真溫順得可以。

挖土機你為甚麼這麼急？

我無意説，政府強勢一定不好。很多政府可能對香港政府充滿羨慕：預算超高（香港政府預算是台北的八倍），主導性超強，社會力超弱。強勢政府尤其喜歡在工程上展現魄力，因為工程是最容易看得見的政績。

香港政府的「勵精圖治」企圖是很明顯的：政府剛剛公佈了中環新海濱規劃方案，宣稱要「締造令人嚮往的消閒休憩用地及海港和商業中心」，要「發展成為象徵香港的世界級海濱。」天星碼頭旁將興建三組商廈建築群，包括二十八層高的商廈、十八層高的——無敵海景酒店」，以及九層高但是長四百多米的「摩地大廈」。除了這「世界級海濱」之外，西九龍四十公頃的工程在規劃推動中；添馬艦將有政府大樓群等等，還不必談及大嶼山的開發以及各種跨界大橋的規劃。

政府強勢不一定不好，但是，當我們面對一個「勵精圖治」的政府時，當強勢政府像一個巨大的挖土機在橫衝直撞時，社會不能沒有一個深思的心靈和長遠宏觀的眼睛。我們可能必須在轟隆作響、天翻地覆的挖土機前，放上一朵脆弱、柔軟、美麗的小花。

脆弱、柔軟、美麗的小花提醒的是：

城市規劃是牽一髮動全身的。

以維多利亞港來說，中環濱海長廊的建築，勢必整個改變「香港的臉」——

舉世聞名的浪漫維港景觀。想像你站到水中央，往維港四周緩緩做三百六十度的觀覽，從西九、尖沙咀、尖東、銅鑼灣、金鐘、中環、上環，一路流轉回到西九，維港的整體景觀，色彩、光影、山脊線與天際線的交錯，海港與建築風格之間的相輔相成諧調之美，是否有整體的預想呢？或者還是讓每一個海濱工程孤立的、局部的、偶然性依一時一刻之需而發展？

政府山的古蹟群，是香港唯一的一片完整殖民建築風格了，曾蔭權無論如何不願承諾保護，這些古蹟若是有一天剷除了，又變成以金錢計算平方呎的地產價值，香港人能夠忍受這樣對待自己的歷史嗎？如果保留了，添馬艦五十二億的大洞，你又如何填補？

如果這一切都還沒想好——那麼，挖土機啊，你究竟為甚麼這麼急？

香港跟誰比？

當主事者總是用「世界級」、「地標」、「香港精神」來描繪自己的「勵精圖治」

的企圖時，我們能不能聽見一個小小的，安靜的聲音說，為甚麼香港需要「地標」？「世界級」是跟誰比？比甚麼？「香港精神」又是甚麼？

西班牙的畢爾包怎麼能拿來跟香港比呢？畢爾包需要 Frank Gehry 的古根漢美術館作為地標，因為畢爾包是個極其普通的不起眼的小城，它可以用一個標新立異的特殊建築作為地標來突出自己。香港卻是一片璀璨，地標如雲，當地標被地標淹沒的時候，你還看得見地標嗎？地標還有意義嗎？

如果說，像畢爾包這種只有常民生活而缺特色建築的城市需要現代建築來作為地標，那麼地標簇擁的香港所需要的，反而是常民生活的沉澱，小街小巷老市場的珍愛呵護，讓「市井人文感」更醇厚更馥郁，而根本不是高大奇偉的所謂「地標」。

至於「世界級」，又是跟誰比呢？又是紐約倫敦巴黎柏林之流吧？問題一，為甚麼要跟他們比？香港的基礎建設，比他們都好。香港的國際感，超過柏林。香港的治安，紐約不能比。香港的傳奇歷史，比倫敦還精彩。香港自己就是「世界級」，哪來的自卑感，老是要用「世界級」來給自己壯膽增威？

問題二，就是要比，香港要跟這些城市比「世界級」的，仍舊是硬體工程嗎？

甚麼時候，你終於要開始跟人家比「內涵」呢？為甚麼不去和巴黎倫敦的古蹟、老街、舊磨坊、人文薈萃的河左岸、車庫廠房裏的藝術村去比「世界級」呢？

然後，代表「香港精神」的，仍舊是「無敵海景」的酒店？仍舊是已經滿城皆是的購物商廈？這種意涵的「香港精神」，又是「誰」下的定義呢？地產商？還是灣仔、西環、屯門、大埔、深水埗的人民？

一個謙抑樸素的政府

添馬艦所在，是香港的核心，香港面向世界的舞台。燈光一亮起，香港的嫵媚姿態光彩動人。請問，任何東西都可以被擺到舞台上去嗎？

封建時代，貴族以金錢和絕對的權力打造宮殿，宮殿成為城市的中心。在一個現代社會裏，政府是服務市民的「公僕」——它是人民的庫房、機房、廚房、賬房、屠房，也就是一個 service quarter，服務區。誰會把服務區放到舞台上面去？誰會把庫房機房賬房廚房屠房，放到一棟房子最重要的前廳去呢？

城市走多了的人，有一個指標：一個城市政府大樓如果富麗堂皇，而且建在城市的核心，那通常表示，這個城市是個政權獨大的體制。如果主權在民，公民力量強大，政府大樓通常建得謙抑樸素，謹守「公僕」服務的本分而不敢做權力的張揚。紐約的市政府、柏林的市政府、倫敦的市政府，我們知道在哪裏嗎？他們佔據城市的核心舞台嗎？

所以，嘿，把政府總部遷到西環屠房如何？屠房適合政府的「公僕」地位，而老舊的西環也非常需要社區振興，不是嗎？

中環最突兀的，是解放軍大樓。把軍隊擺在香港面向世界最燦亮的舞台中心，等於是把兵器倉庫放到客廳裏去了，你能想像巴黎把軍隊駐在羅浮宮旁嗎？從前英國人這樣做，是為了炫耀它的殖民權力——企圖之囂張，不言而喻；今天，還有這必要嗎？景觀上不倫不類暫且不説，它所透露的粗暴意涵，更是招引負面解讀。曾蔭權政府最該做的，是設法把解放軍從中環遷走，把海濱還給人民。這不去努力，卻反而更將政府大樓擺到添馬艦去，説是創造一個「市民精神地標」（iconic civic core）。

在很多其他城市，公民恐怕早已「磨刀霍霍」上街抗議了。在一個公民社會裏，代表一個城市的「精神」的，絕不可能是一個城市的政府大樓。它可能是歌劇院，譬如悉尼；可能是博物館，譬如巴黎；可能是藝術家出沒的村子，譬如紐約；可能是老街老巷老廟老樹，譬如京都；可能是一條滄桑斑駁的老橋，譬如布拉格。但是，甚麼樣的城市，會把市政府——一種權力機構，或服務區，當作精神標誌？

中環的維港是全世界看見的香港面貌，那面貌，真的是風情萬種。香港希望讓世界看見的，難道是市政府大樓？

把政府大樓放在添馬艦，怎麼看，都讓人覺得有一種權力的不知謙抑，不知收斂。

真正的「香港精神」

更符合「香港精神」的，恐怕反倒是一萬個市民在晴空下圍坐吃盆菜，反倒是五千個人開心泡茶、聽音樂；反倒是四千個人在星空下肩靠着肩看露天電影，一起哭，一起笑。當世界看見的香港，不只是千篇一律的酒店和商廈，不只是冰冷淡漠的建築，如果世界還看得見香港的「人」——快樂的、悲傷的、泡茶的吃飯的、散步的追風箏的，憤怒示威的、激動落淚的，彼此打氣相互鼓勵的香港的常民生活，也就是一個有生活內涵、有人的性格的城市，那才真的是「世界級」的「香港精神」吧？

衡量社會的進步，錢，不是唯一的指標。一個四公頃的廣場，或許失去了以平方呎計算地產的金錢，可是一個面對全世界的正面的香港形象，能用港幣或美金來計算嗎？市民，因為在廣場「歌於斯，哭於斯」而凝聚出來的深遠文化認同和社群意識，能用一平方呎多少來計算嗎？

二零零四年十一月九日，在同一個地點，我提出對西九龍的質疑。當時有這樣一段話：

在香港，經濟效益是所有決策的核心考量，開發是唯一的意識形態。「意識形態」的意思就是，它已經成為一種固執的信仰，人們不再去懷疑或追問它的存在邏輯。所造成的結果就是，你覺得香港很多元嗎？不，它極為單調，因為整個城市被一種單一的商業邏輯所壟斷。商廈和街道面貌就是一個最明顯的例子：不管是又一城還是太古廣場還是置地廣場，一樣的建築，一樣的商店，一樣的貨物，一樣的品味，一樣「歡迎光臨」的音調。走在光亮滑溜的廊道上，你看見物品看不見人，物品固然是一個品牌的重複再重複，售貨員也像生產線上的標準模。連咖啡館都只有標準面貌的連鎖店。

如果僅只在這些大商廈裏行走，你會得到一個印象：香港甚麼都有，唯一沒有的是個性。

兩年過去了，西九龍前途未卜，中環海濱正準備大肆建築，添馬艦箭在弦上，政府山古蹟群處境堪危，香港的城市正在發生重大變化，可是，社會裏關心的人卻非常、非常少。兩個月前，我曾問一班大約五十個大學生，他們是否知道添馬艦的事情，答覆知道的只有一兩個。

文化主體性，我想並非僅只是政治層面的六四靜坐和七一遊行，香港和北京的精神拔河。關心香港本地的永續發展，關心香港留給下一代甚麼樣的香港，是更關鍵的文化主體性的意識呈現。但是，政黨的立場搖擺不定，非政府組織的力量零散薄弱，大學生，對社會議題彷彿完全視若無睹，漠不關心。而他畢業後一旦進入政府，成為官僚體系成員，卻開始強勢行政主導。

陳冠中有一篇文章，我覺得是香港人瞭解自己必讀、外地人瞭解香港人必讀的，叫做「我這一代香港人」。他是這麼描述現在四五十歲這一代，也就是社會主流的：

> 我們整個長期教育最終讓我們記住的就是那麼一種教育：沒甚麼原則性的考慮，理想的包袱，歷史的壓力，不追求完美或眼界很大很宏偉很長遠的東西。這已經成為整個社會的一種思想心態：我們自以為擅隨機應變，甚麼都能學能做，用最有效的方法，在最短的時間內過關交貨，以求那怕不是最大也是最快的回報……不在公共領域集體爭權益，只做私下安排，也是本代人的特色……是的，我們愛錢〔5〕。

「在最短的時間內過關交貨」的思維，或許可以造就眼前的效率成果，但是窒礙了宏觀的、長期的、永續的思考。「不在公共領域集體爭權益」的順民習慣，或許可以贏得個人的事業領先，但是犧牲了社會整體的進步。

我不懷疑曾蔭權的愛港之心，但是他的決策可能是錯的，龍應台這個「外人」的意見更可能是錯的，但那不是重點。重點是公民參與，是公民辯論，重點是香港人何時敢挑戰短視和功利主義，是香港人何時敢把香港的未來抓在自己手裏，而不是放任菁英官僚和地產財團決定自己和下一代人的命運。

公民以香港為家，對香港負責，這，才是「文化主體性」，才是「香港精神」吧。

二零零六年六月二日

註：

〔1〕「巴士阿叔」指的是一位巴士中年乘客因小事怒罵一年輕人，被另一乘客以手機拍攝過程。短片上網後迅速流傳，總收看次數在不足一個月已超越七百萬次。片中激動詞語「我有壓

力」、「未解決」等成為香港新興流行用語。事件引起傳媒廣泛關注，海外報章及通訊社亦紛紛報導並評論。評論者多以短片探討香港人的典型性格及生活壓力。「巴士阿叔」成為香港網絡文化發展史的註腳。

〔2〕forcesreunited.org.uk

〔3〕一九四二年十月二日，日本商船里斯本丸載着一千八百一十六名香港的英國戰俘駛往日本，在舟山群島海面被美國魚雷擊沉。日軍鎖戰俘於船底。中國漁民搶救戰俘近四百人。近九百戰俘喪生。

〔4〕【星島網訊】香港《星島日報》報導，荒廢了十三年，居民爭取清拆多時的堅尼地城焚化爐及西區屠場，終於清拆有期。土木工程拓展署二十一日表示，最快明年初展開清拆，為期兩年。環評報告指，整個焚化爐及屠場遺留大量有毒污染物，包括致癌的二噁英、重金屬及石棉。但當局並不打算清理，只以石屎覆蓋了事。（二零零六年五月二十二日）

〔5〕《我這一代香港人》，牛津大學出版社。香港，二零零五，第八、一〇、一二頁。

玉蘭花

詠兒和慧兒

——文明小論

文明，你說得清它是甚麼意思嗎？

在香港，看一次牙醫，就明白了。掛號櫃枱的小姐微笑着取出資料讓你填寫；請你坐下時，輕聲細語地告訴你，「對不起，要等五分鐘喔。」你要再訂下一個約會時，她仔細地看醫師時程表，無法給你你指定的日期時，她滿臉歉意，一再地說「不好意思」。

真的在五分鐘之後，有人呼你的名字。你回頭看看櫃枱小姐的名牌，蘇詠兒，彷彿宋詞裏的名字。詠兒害羞地跟你笑了一下。

五號房，一位女醫師，看不出面貌，因為她嚴嚴地罩着口罩，還戴着透光罩鏡保護眼睛。她細聲細氣地說話，預先告訴你每一個要發生的動作，免得你嚇一跳或突然痛苦：我要將椅子降下來了。燈刺眼嗎？她讓你也戴上罩鏡。現在我要檢查你的牙齒，然後再幫你洗牙。她把一隻小鏡子放在你手上，然後細心地解釋你看得見的每一顆牙的體質狀況。這個會有一點點刺刺的感覺，但是只有一點點。你不舒服的話就動一下左手，因為右邊有機器……

躺在當頭照射的強光下，各種機器環繞，像在一張手術枱上等着被宰割，那是多麼脆弱、多麼沒有尊嚴的一個姿勢和狀態，可是她用禮貌的語氣對你説話，用極為尊重的肢體語言和你溝通，即使她居高臨下，往下俯視你，而你正撐大着嘴，動彈不得，自我感覺像生物課裏被實驗的青蛙。

檢查結束了，她對你解釋你的牙齒問題可以有哪幾種處理方式。她手裏拿起一個牙顎模型，像哈姆雷特手裏拿着一個骷髏頭，認真地、仔細地，跟你説話。你還有點不習慣，老覺得，她怎可能花那麼多時間跟我説話？門口難道沒有一排人不耐煩地等着她嗎？

她確確實實不慌不忙地跟你把牙的病情和病理一顆牙一顆牙説完，然後和你親切地道再見。

你走出五號診房，回頭看看門上的名字，黃慧兒，哎，怎麼又是一個宋詞裏的名字。

詠兒和慧兒的專業敬業、春風如煦，不會是她們的個人教養和道德如何與眾不同，而是，他們的背後一定有一個制度支撐着他們，使得他們能夠如此。如果詠兒必須每天接待三百個神情煩躁的客人，從清晨工作到晚上，她不可能維持她的笑容可掬。如果慧兒醫師所得工資微薄而且升遷無門，與她的辛勞不成比例，她不可能態度從容，心平氣和。如果慧兒所受的醫學教育沒有教她「以人為本」的醫療哲學，她不會懂得怎麼讓一個齜牙咧嘴躺着的人感覺受到尊重。

在詠兒和慧兒的春風如煦的後面，藏着好多東西：有教育理念的成熟與否，有管理制度的效率高低，有社會福利系統的完善不完善，有國家經濟力量的強或弱，有人的整體文化素質的好或壞，有資源分配的公平合理或不合理……後面有一層又一層錯綜複雜的社會網絡與基礎結構在襯托和支柱，才可能，你隨便進入一個牙醫診所，就會遇見一個詠兒和慧兒，溫溫柔柔地和你說話，同時將你的爛牙有效地治好。

你離開時，簽一個字就可以，詠兒不追着你要現金。檢查的結果報告會隨後寄到你家，你訂的下一次約會，到期一個星期前電郵信箱裏就來了提醒的通知；時間到了，請來赴約。也就是說，在詠兒和慧兒後面，還有財務管理系統的周全不周全，還有傳訊系統的先進不先進……。

詠兒和慧兒安安靜靜，但是後面深藏着很多你看不見的東西，那你看不見的複雜網絡和制度，全部加起來，就叫文明。

幸福就是……

幸福就是，生活中不必時時恐懼。開店鋪的人天亮時打開大門，不會想到是否有政府軍或叛軍或飢餓的難民來搶劫。走在街上的人不必把背包護在前胸，時時刻刻戒備。睡在屋裏的人可以酣睡，不擔心自己一醒來發現屋子已經被拆，家具像破爛一樣丟在街上。到雜貨店裏買嬰兒奶粉的婦人不必想奶粉會不會是假的，嬰兒吃了會不會死。買廉價的烈酒喝的老頭不必擔心買到假酒，假酒裏的化學品會不會讓他瞎眼。小學生一個人走路上學，不必顧前顧後提防自己被騙子拐走。江上打魚的人張開大網用力拋進水裏，不必想江水裏有沒有重金屬，魚蝦會不會在幾年內死絕。到城裏閒蕩的人，看見穿着制服的人向他走近，不會驚慌失色，以為自己馬上要被逮捕。被逮捕的人看見警察局不會暈倒，知道有律師和法律保護着他的基本權利。已經坐在牢裏的人不必害怕被社會忘記，被歷史消音。到機關去辦甚麼證件的市井小民不必準備受氣受辱。在秋夜寒燈下讀書的人，聽到巷子裏突然人聲雜沓，拍門呼叫他的名字，不必覺得大難臨頭，把所有的稿紙當場燒掉。去投票的人不必擔心政府作票、總統作假。

幸福就是，從政的人不必害怕暗殺，抗議的人不必害怕鎮壓，富人不必害怕綁票，窮人不必害怕最後一隻碗被沒收，中產階級不必害怕流血革命，普羅大眾不必害怕領袖說了一句話，明天可能有戰爭。

幸福就是，尋常的日子依舊。水果攤上仍舊有最普通的香蕉。市場裏仍舊有一籠一籠肥胖的活雞。花店裏仍舊擺出水仙和銀柳，水仙仍然香得濃郁，銀柳仍然含着毛茸茸的花苞。俗氣無比、大紅大綠的金橘和牡丹一盆一盆擺滿了騎樓，仍舊大紅大綠、俗氣無比。銀行和郵局仍舊開着，讓你寄紅包和情書到遠方。藥行就在街角，金舖也黃澄澄地亮着。電車仍舊叮叮響着，火車仍舊按時到站，出租車仍舊在站口排隊，紅綠燈仍舊紅了變綠，消防車仍舊風風火火趕路，垃圾車仍舊擠擠壓壓駛進最窄的巷子。打開水龍頭，仍舊有清水流出來；天黑了，路燈仍舊自動亮起。

幸福就是，機場仍舊開放，電視裏仍舊有人唱歌，報攤上仍舊賣着報紙，飯店門口仍舊有外國人進出，幼稚園裏仍舊傳出孩子的嬉鬧。幸福就是，寒流來襲的深夜裏，醫院門口「急診室」三個字的燈，仍舊醒目地亮着。

幸福就是，尋常的人兒依舊。在晚餐的燈下，一樣的人坐在一樣的位子上，講一樣的話題。年少的仍舊嘰嘰喳喳談自己的學校，年老的仍舊嘮嘮叨叨談自己的假牙。廚房裏一樣傳來煎魚的香味，客廳裏一樣響着聒噪的電視新聞。幸福就是，早上揮手說「再見」的人，晚上又回來了，書包丟在同一個角落，臭球鞋塞在同一張椅下。幸福就是，頭髮白了、背已駝了、用放大鏡艱辛讀報的人，還能自己走到街角買兩副燒餅油條回頭叫你起床。幸福就是，平常沒空見面的人，一接到你午夜倉皇的電話，甚麼都不問，人已經出現在你的門口，帶來一個手電筒。幸福就是，在一個尋尋常常的下午，和你同在一個城市裏的人來電話平淡問道，「我們正要去買菜，要不要幫你帶雞蛋牛奶？你的冰箱空了嗎？」

幸福就是，雖然有人正在城市的暗處飢餓，有人正在房間裏舉起一把尖刀，有人正在辦公室裏設計一個惡毒的圈套，有人正在荒野中埋下地雷，有人正在強暴自己的女兒，雖然如此，幸福就是，你仍舊能看見，在長途巴士站的長櫈上，一個嬰兒抱着母親豐滿的乳房用力吸吮，眼睛閉着，睫毛長長地翹起。黑沉沉的海上，滿綴着燈火的船緩緩行駛，燈火的倒影隨着水光蕩漾。十五歲的少年正在長高，臉龐的棱角分明，眼睛清亮地追問你世界從哪裏開始。兩個老人坐在水池邊依偎着看金魚，手牽着手。春天的木棉開出第一朵迫不及待的紅花，清晨四點小鳥忍不住開始喧鬧，一隻鵝在薄冰上滑倒，冬天的陽光照在你微微仰起的臉上。

玉蘭花

每一個大城市都像一件華美的大衣，大衣裏可能也都長滿了蝨子。對一個過路的客人而言，他不太有機會翻開大衣，看見衣縫裏密密麻麻的蝨子，但是，大衣扣不嚴整，裏頭露出不怎麼好看的破絮，卻是大城市的常態。在萬商雲集的紐約，到處可見眼睛紅腫全身酸臭的男人，褲襠的拉鍊壞了，骯髒的毛髮露出來，腳上趿着別人的鞋子，手裏拿着喝空了的酒瓶。在開擴大氣的莫斯科，每一個街角都有拽着長裙的吉普賽女人摟着睡着的孩子街頭乞討。孩子永遠是睡着的，使你懷疑他是否被餵了藥。在官氣十足的北京和燈火輝煌的上海，無家可歸的人用各種眼神看着你，逼你毫無退路地看見他的一無所有，也看見你和他之間險峻的階級對立。在台北，這個帶點文人的懶散氣質的城市，你得特別到夜市裏或地下道，才能看見幾個少了腿或胳臂的人坐在地上用頭磕地。

香港的「大衣」華麗得不尋常。中環的大樓有的雍容優雅，有的氣派恢弘。內部裝潢講究設計的藝術美感，外部大樓和大樓之間的細節銜接，講究實用效率，整個城市基礎建設的完整和綿密，可能是世界第一。如果只看表面，台北跟香港比起來，像個初初進城的鄉下村姑，剛剛學會抿着嘴擦口紅。

然而任何初到香港的人，走在中環高樓與高樓所形成的深谷窄巷裏，都不會不看見她們：很瘦，很老，用那佈滿老人黑斑而且青筋暴起的手，推着很重的東西，她們的背脊因為用力而彎曲。都是祖母或曾祖母年齡的人，做的卻是苦力的活，沉默地穿梭在高樓的陰影中。這是香港一景，只是觀光手冊裏沒寫。

做為過客時，不理解為甚麼外表如此高貴華麗的香港會有這一面，好像一個全身皮草、

珠光寶氣的人腳上穿着塑料拖鞋，露出腳指頭，指甲縫裏全黑：這些被人們輕蔑地稱為「垃圾婆」的老婦人，曾經為人妻，她們的丈夫在哪裏？曾經為人母，她們的子女在哪裏？是甚麼樣的社會制度、甚麼樣的歷史過程，使得她們在體力最弱、生命最末的階段裏，不能在家裏做慈祥的奶奶，卻在街頭做牛做馬掙一口最後的飯？

住到香港來了，我逐漸明白，「垃圾婆」處在一個甚麼樣的結構裏：

在香港，六十至六十九歲老人中，每十五位有一位要依靠政府的救濟金生存。七十至八十四歲的老人中，每五位有一位要靠救濟金生存。六十歲以上的老人，每四個就有一個生活在貧窮線下。

在香港，八十五歲以上的老人，每兩位就有一位活在貧窮線下。

數字不說明全部，但是它總在複雜的一團黑暗上打上一道光，我不再驚奇，為甚麼，在富裕的香港，每到冬天慈善機構發放救濟米時，會有上千的老人佝僂着背天還沒亮就來排隊，排上幾個小時之後又總有幾個老人家在擁擠的人群中暈倒，為了一袋五公斤的白米。我也不再驚訝有很多香港老人住在「籠屋」裏——一張床，鎖在一個竹籠裏，就是他一生的家當。我去看望一個八十歲的老人，他住的是比

「籠屋」闊氣的「板屋」，木板隔出的四公尺平方，沒有窗。公用廚房裏髒得可怖，進入「板屋」，空氣令人窒息；但是床以外的空間，竟然一落一落佈滿灰塵的全是古書：史記、後漢書、資治通鑑、全唐詩、蘇軾全集、韓昌黎全集。問他最喜歡誰的文章，老人低着頭說，「韓愈」，我同時聽見天花板上老鼠隆隆奔竄的聲音。

如果老，而且還是個女人呢？

在香港，從八十年代起，服務和金融業取代工業成為主要經濟命脈，以往穩定的勞工工作由零碎的散工、外判工、臨時工替代，產生出大量的工時超長而工資超低的工作，集中在非技術和低增值的行業領域裏。在這類非技術的工作人口中，女性幾乎佔了百分之六十，而這些女性的工資卻只有同工作的男性員工的百分之五十三。臨時工除了工作時間長，還得不到法定的勞工保障。

在香港，七十七萬多個女性的主業是家務，只有九萬三千個男性是「家庭主夫」。家務的操勞，可以做一輩子，但是沒有工資，沒有退休金，也沒有社會福利，更沒有社會地位。

在香港，月薪低於五千元的人口中，百分之八十是女性。月薪超過一萬元的，只有百分之三十是女性。

巷子，因為樓高而顯得深不可測。老婦人的推車上堆着一大疊廢棄的壓扁了的厚紙箱，推着推着紙箱就散落下來攤了一地；她弓下身來一隻一隻撿。我也蹲下來幫着，然後我們合力將紙箱固定，用繩子綁緊。她又搖搖晃晃一跛一跛地推着車向前走。那是一個穿着黑色唐衫的老媽媽，腦後梳着髮髻。我看着她瘦弱的背影漸行漸遠，想着，這樣的髮髻啊，老媽媽，是應該簪着一朵乳白色的玉蘭花的。

我獨獨看不到香港

柏林圍牆在一九八九年十一月九日被人們踩在腳下，兩德統一的步驟緊接着一一開展。東馬克變成西馬克；柏林城東和城西一刀兩斷四十年的地鐵鐵軌重新接上；歷史教科書重寫重學；地理地圖重畫重印；國旗國歌國名換了版本；銅像撤下，用吊車移走。共產黨的領導層固然瓦解，常任文官的意識形態和個人歷史也受到檢驗，「不適任」的就被換掉；各種行業裏大大小小的主管位置，大致換了人做。牆上的標語或者被工人撕下洗掉或者被日曬風雨漂白；電視上的廣告也換了一套語言。

在天翻地覆的過程中，歷史的陣痛最尖銳的還是軍人的那一幕：東德的武器成噸地銷毀掩埋，而軍人，很多人自願或被迫離職轉業，那留下的，脫掉身上的戎裝，摘掉肩上的徽章，穿上四十年來都是「敵人」的制服，然後面對不同的肖像和國旗，換一套誓詞，敬禮。

讀十七世紀中晚明文人如何在滿清入關時凜然求死，讀二十世紀初清朝遺老如何在窮途末路中尋找尊嚴，我可沒想像過在自己所處的現代裏，也會目睹「改朝換代」。二十世紀兩個重大的分水嶺：一九四九年前後我的父執輩經歷了朝代的更迭，一九八九年前後則是我這一代人目擊時代的斷裂和顛覆。擺出一張桌子一壺酒，放上幾張櫈子，讓一個莫斯科人、柏林人、華沙人、奈若比人、巴勒斯坦人、尼加拉瓜人、北京人、台北人圍上一圈坐下來，若是談改朝換代的價值翻轉和身份認同的迷失困惑，恐怕不需翻譯，因為雖然版本不同，所有關鍵的詞彙卻都一樣。

版本不同，因為有的是從異族的殖民統治轉換成獨立自治，有的是從異族的殖民統治轉換成同族的「內在殖民」，有的是從專制獨裁轉換成民主體制，有的是在專制獨裁裏頭老是換人做獨裁。有的是人民用鮮血爭取來的轉換，有的是用人民的鮮血奪取來的轉換。有的是和平轉移，有的是槍聲鎮壓，沒有表面的轉移卻有隱藏的路線變更。版本有異，但是關鍵詞彙是近似的：歷史翻案，舊賬清算，愛國的新定義，遊戲規則的翻轉，鞏固權力的方法，意識形態的塑造……

一壺酒下來，有那為新時代新氣象昂揚奮發的，也有那不勝欷歔的，欷歔的內容也差不多：以為統一會帶來幸福，發現它同時帶來自己被「併吞」的屈辱。以為獨立會帶來平等，發現獨立後的鬥爭殺伐比前朝更為殘酷。以為脫離異族統治會帶來民族尊嚴，發現同族的統治一樣地居高臨下，只是因為同文同種所以手段更嫻熟。以為民主會帶來自由，發現民主也有可能比專制更霸道。以為反對黨變成執政黨會帶來改革，發現反對黨比被你推翻的人更無能、更專權而且更理直氣壯地無能、專權，因為它是被選上去的，它認為你早已授權，咎由自取。以為知識分子最是清醒，發現權勢照樣腐蝕他的脊椎。以為「暴政必亡」、「多行不義必自斃」，發現「暴政」也可以與資本主義結合而腐肉重生。

十月份走在香港街頭，細心的你會有所發現。曾經處處可見的青天白日滿地紅國旗，在十月十日這一天，已經看不見了。酒會，也一年比一年冷落。十月一日卻變成一個輝煌重要的日子。走過一個小學，學校圍牆上貼滿了孩子稚嫩的作品：山河壯麗，祖國偉大，楊利偉上太空是中國之光，金牌運動員是民族的榮耀，中國地大物博、歷史悠久，文明燦爛。孩子們畫彩色的龍，雄壯的長城，永恆的長江，美麗的故宮。顯然是「公民教育」的一部份。

在這些童稚的畫中，看不到灣仔擁擠的市場，看不到上環層層疊疊的老街窄巷，看不到大埔的漁村也看不到沙灣徑凄美的夕照。在香港孩子們的想像和讚頌中，為甚麼我獨獨看不到香港？

香港老師問

到香港教育學院去「答學生問」。答應去，是因為，教育學院是培養小學和初中老師的地方。在我心目中，小學、初中教育是重大「國家基礎建設」：創造力和想像力在這裏破土，公民素養在這裏奠基，文化的敏感、人格的力量在這裏打樁——誰，比這些教師更站在前線、更接近地基、更值得愛護、更重要呢？

臨走時，帶了厚厚一把不及回應的提問紙，回家壓在咖啡杯下。海風獵獵吹進客廳，把兩張紙掀到了地板上，我彎腰拾起。既然風要我讀，遂去讀它。

> 您的文章中好像有一個觀點：我們不一定要認同自己的國家，更不一定要認同自己的政權。那麼在中小學裏的「國民教育」的課，我們該教些甚麼呢？或者說，究竟需不需要「國民教育」這種東西？
>
> ——一個中學老師

對於自己的祖國，我常覺得很迷惘。一方面我知道我要愛國，另一方面，一想到我的國家有很多黑暗面時，我就會有一種恨意。我想問：當學生問起「文革」、「六四」的時候，我該怎麼回答？

——一個馬上要當老師的人

教宗人選公佈那天，我特別等着華飛放學回家，心裏想，當這初中三年級的學生聽見新教宗是他的德國同胞時，不知會有甚麼反應。他會不會像贏了足球世界杯一樣，感覺一種民族的驕傲？

「真的？德國人？」他說，把書包丟在沙發上，一邊擦汗，「好失望啊。」

他一點沒有欣喜的樣子。

一邊吃午飯，少年一邊解釋自己的想法：幾百幾百年，教宗選來選去都是羅馬人，或者是中歐人，想法都很中歐中心。二十六年前，波蘭的主教被選上教宗，代表的是天主教的一種突破，一種進步。今天如果是一個黑人或是拉丁美洲人被選上的話，就表示這個突破和進步的力量往前又跨了一大步，代表天主教有新思維，新魄力。

「我很希望那個拉丁美洲的主教當選，黑人更好，還有，香港的主教也不錯呀，」他說，「幹嘛選個德國人，而且還是個保守派！真退步。」

「華飛，」我問他，「你們的老師也是這樣的態度嗎？」

「對，」他說，「在宗教課或是公民課裏，我們討論很多啊。」

那是一個月前的事了。今天下午，我在陽台上澆花，華飛坐在電腦前上網，時不時向我「播報新聞」：烏茲別克有五百人被殺，政府說只死了十個人。日本給巴勒斯坦一億美元人道援助……

他突然走到陽台，問，「你知道為甚麼有些歐洲人反對簽署『歐盟大憲章』嗎？」

不知道。

「他們說大憲章沒有把基督教的信仰明白寫進去。你覺得該不該寫進去？」

我想了一下，摘下幾朵香氣沁人的玉蘭花，然後給他一個「初步答案」：「我不贊成。可以寫進某些共同的核心價值，但是不必是宗教，更不必是基督教啊。難道歐盟裏只有基督徒嗎？或者，難道歐洲人結盟的願景和理想，是把歐盟變成一個基督教聯盟嗎？」

他又回到電腦前，安靜沒幾分鐘又大聲說，「俄國石油大王被起訴，可能要坐十年牢。」

「這個人，」我說，放下了水桶，「第一桶金不知怎麼來的，不見得是好人，但是他以為俄羅斯民主了，可以真的搞反對運動了，被整得這麼慘，也夠可憐。」

「他沒料到普丁會做得這麼絕吧，」華飛說，「主要是，普丁要把俄羅斯的油重新收歸國有。」

我關上陽台的門，不知為甚麼，竟然很認真地對這半大不小的孩子說，「華飛，你要永遠認得那個時刻，當你的國家變質、不值得愛、不能愛又無力對抗的時候，馬上就走。托瑪斯曼和愛因斯坦都認得那個時刻。」

他伸了一個懶腰，打了個呵欠：「媽，你以為德國的二十世紀是白過的？下一個一百年大概都不會再出那樣的事了。我真運氣。」

朱光潛小徑

這個廳，其實很小，最多容六百人吧。一個紮馬尾的女生抓起一張椅子，正要收拾。一個衣褲垮垮的男學生，探頭進來，又匆匆走過。秋天的陽光從窗戶流入，照亮了地板，空氣裏有一種無所事事的慵懶。

沒有一塊牌子告訴我，這個閒散的廳，曾經發生過這樣意義重大的演講：

一九二三年二月二十日，一個畢業了三十一年的老校友回母校，被年輕熱烈的港大學生用藤椅簇擁上了講台。他用英語回答一個問題：「我於何時及如何而得革命思想及新思想」。

一八八三年，十七歲的廣東香山少年來到香港求學，除了其間在廣州一年，他在香港讀了八年的書，畢業時二十六歲，人格的成熟和思想格局的定型，都在這山城發生。香山少年和長他幾歲的康有為同樣被殖民地的「秩序整齊，建築閎美」所震撼，回想家鄉的落後和混亂，開始思索一個糾纏中國知識分子幾個世紀的問題：

「香山、香港相距僅五十英里，何以如此不同？外人能在七、八十年間在一荒島上成此偉績，中國以四千年之文明，乃無一地如香港者，其故安在？」

青年康有為目睹香港「宮室之瑰麗，道路之整潔，巡捕之嚴密」而發憤西學，從讀書和學問着手。香山少年的抉擇卻令人意外，他竟然選擇動手。學校放假，他回家去勸家鄉父老修橋造路，父老苦説沒錢，少年就自己勞動，挖土推石，準備修路。沒想到鄰村反對，引出了土地糾紛。

少年固執不棄，緊接着直接找上了縣長，請縣長協助他在假期中去義務勞動；縣長答應了，但是假期開始，縣長也換了，縣長的位子被別人用五萬元給「買」走了。

「我無復希望，只得回香港，由市政之研究進而為政治之研究。」

他以為鄉村固然政治腐敗，上層結構卻未必。於是試諸省政府，發現省政府比鄉政府更腐敗；「最後至北京，則見滿清政治下之齷齪，更百倍於廣州，於是覺悟鄉村政治乃中國政治中之最清潔者，愈高則愈齷齪。」

從不忍家鄉的落後而回鄉挑石鋪路，到不甘民族的落後而四海鼓吹革命，香山少年那關鍵的八年心路就在上環的老街山徑裏輾轉鋪陳；三十一年後，他回到他當年出發的地點，無比清晰地對下一代的少年交代了歷史深藏幽微之處。兩年之後，老了的香山少年去世。

也是在這個大廳，蕭伯納對學生「諄諄」告誡：大學裏教你的東西，太多是會讓你「誤入歧途」的，在校時必須記住，不記住畢不了業，但是最好一畢業就忘個乾淨，重新開始。

也是在這個大廳，胡適在一九三六年春天接受了榮譽博士的學位。在胡適的推薦下，許地山來到這裏，很艱難地，試圖把人文的學風帶進港大。許地山去世之後，陳寅恪暫接他的工作，在公開講座裏談魏晉史，講《秦婦吟》。許地山的父親許南英在甲午戰爭時支持唐景崧和劉永福的抗日作戰，台灣割日以後絕望而北渡福建，帶着三歲大的

許地山。陳寅恪的父親陳三立晚年不忍或不甘見日本的侵略，絕食而死。寅恪之妻是唐景崧的孫女。

離開陸佑堂，往山上走。山徑從一株巨大的老樟開始，林木蔥蘢，野生九重葛在濃綠之中驚紅駭紫。這是二十年代朱光潛每天要走的山徑。多少年後，這山徑，朱光潛說，「最使我留戀。」再滑過二十年，女生張愛玲提着皮箱來到這裏，但是「一個炸彈掉在我們宿舍的隔壁……我們聚集在宿舍的最下層，黑漆漆的箱子間裏，只聽見機關槍『忒拉拉拍拍』像荷葉上的雨。」

站在山腰望遠，秋晚的天空清澄如洗，百年前想必是一樣顏色照人。歷史，像這眼前的山間小徑，深林裏千重迴旋，不知所之，不經意間卻又在某個轉彎的地方驀然交會。

附錄：孫中山一九二三年在港大的演講

我此時無異於遊子甯家，因香港及香港大學，乃我知識之誕生地也。我本來預備演說，但願答覆一問題，此問題即前此屢有人向我提出，而現時聽眾中亦必有許多人欲發此問者。

我以前從未能予此問題一相答覆，而今日則能之。問題為何？即我於何時及如何而得革命思想及新思想是也。我之此等思想發源地即為香港，至於如何得之，則我於三十年前在香港讀書，暇時輒閒步市街，見其秩序整齊，建築宏美，工作進步不斷，腦海中留有甚深之印象。我每年回故里香山二次，兩地相交，情形迥異，香港整齊而安穩，香山反是。我在里中時竟自作員警以自衛，時時留意防身之器完好否。我恆默念：香山、香港相距僅五十英里，何以如此不同？外人能在七、八十年間在一荒島上成此偉績，中國以四千年之文明，乃無一地如香港，其故安在？

我曾一度勸其鄉中父老，為小規模之改良工作，如修橋、造路等，父老韙之，但謂無錢辦事。我乃於放假時自告奮勇，並得他人之助，冀以自己之勞力貫徹主張。顧修路主事涉及鄰村土地，頓起糾葛，遂將此計劃作罷。未幾我又呈請於縣令，縣令深表同情，允於下次假期中助之進行。迨假期既屆，縣令適又更迭，新縣官乃行賄五萬元買得此缺者。我無複希望，只得回香港，由市政之研究進而為政治之研究。研究結果，知香港政府官員皆潔己奉公，貪贓納賄之事絕無僅有，此與中國情形正相反。蓋中國官員以貪贓納賄為常事，而潔己奉公為變例也。我至是乃思向高級官員一試，迨試諸省政府，知其腐敗尤甚於官僚。最後至北京，則見滿清政治下至齷齪，更百倍於廣州，於是覺悟鄉村政治乃中國政治中之最清潔者，愈高則愈齷齪。

又聞諸長老，英國及歐洲之良政治，並非固有者，乃人經營而改變之耳。從前英國政治亦複腐敗惡劣，顧英人愛自由，僉曰：「吾人不復能忍耐此等事，必有以更張之」。有志竟成，卒達目的。我因此遂作一想曰：「曷為吾人不能改革中國之惡政治耶？」

中國對於世界他處之良好事物皆可模仿，而最要之先着，厥為改變政府。現社會中最有力之物，即為一組織良好之政府。我因此於大學畢業之後，即計拋棄其醫人生涯，而從事於醫國事業。由此可知我之革命思想完全得之香港也。

我既自稱革命家，社會上疑義紛起，多所誤會，其實中國式之革命家，也不過抱溫和主義，其所主張者並非極端主義，乃爭一良好穩健之政府。我經過多年之工作組織，卒將滿清推倒，而建立一民國以代之。民國成立僅十二年，然自願存在，必永久存在無疑。在此十二年間，困難至多，人民深遭痛苦，乃責革命家之造亂，謂舊時君主較愈於今。然此事實漠視數重要問題，凡民國以人民為主人，我之目的，即在使中國四百兆人皆躋於主任地位，而如何取得此地位之法，一般人似皆未知之。此次改革如造屋然，舊屋已倒，新屋未成，將來造成之後，幸福無量。今日之痛苦，實極小之代價而已。

中國以外，革命家之同志甚多，而反對者亦不少。反對派人謂中國改造民國之機會尚未成熟，以恢復帝制為宜。然十二年來復辟企圖已有二次，一為袁世凱，一為清帝，均經失敗。夫民國政治之未成功，乃因尚未全上軌道，而在過渡中耳。果欲中國長治久安者，必須首先完成此工作，即必須將新屋建造竣工。革命所遭反對元素甚多：第一為滿人，力圖撲滅新思想，第二為官僚，務與革黨為敵，第三則為軍閥。必此等阻力悉除，中國始能永久平安。

黨人今仍為求良政治而奮鬥，一俟達此目的，中國人民即將滿足而安居。試觀海峽殖民地與香港，前者有華人一百萬有多，後者有華人六十萬，我等未往該兩地之前情形如何不必論，今則皆安居樂業而為良好公民，可見中國人民乃容易管理者也。

學友諸君乎！諸君與余同受教育於此英國屬地，並在同一之學校。吾人必須以英國為模範、以英國式之良政治傳播於中國全國。

危險的秘密基地

問我這一代的台灣人小時候對香港的印象是甚麼？很模糊。那是台灣歌星去登台演出的地方。到香港演出，表示她一定是個大歌星。

那是一個有錢商人居住的地方，台灣的影星或美女，最後往往就嫁給了「港商」。不知為甚麼，想像中的「港商」是一個穿着淺色府綢短袖襯衫，襯衫蓋着凸出的大肚子的中年男人。「港商」腰間裹着「港幣」，「港幣」代表價值，或者說，代表一種你羨慕又討厭的價值，因此你稱之為「市儈」。

那是一個外國人很多的地方，想像中，滿街都是頤指氣使的白人在走路。街名不是「維多利亞」就是「女皇」，或者怪裏怪氣的「鴨巴甸」街，無法發音的「昃臣道」。

那是一個和「中華民國救災總會」有關的地方，救濟大陸逃出的難民。但是台灣的救災總會怎麼跑到香港去救災？沒想過這問題。那是一個和離亂貧困有聯想的地方，聽說有個「調景嶺」，住了很多「老兵」，青天白日滿地紅的國旗掛在家家戶戶的門口。那是一個和反共有關的地方，大人說，有全身捆綁的屍體從河裏浮起，有少年和孩子游泳逃亡。

那也是一個詭異的、帶點不可言說的危險的秘密基地：總是聽見大人耳語時提到它的名字——甚麼甚麼消失的人神秘在香港出現；甚麼甚麼人從事地下工作，在香港被逮捕了；甚麼人被釋放到香港，但不准回台。大人談那個地方，好像在談一個黑社會，一個越獄或劫獄必通的幽暗地道。

那是一個海漂玻璃瓶，鎖着一種我不理解的壓抑的感情：甚麼人帶來了一個口訊或一封家書，口訊在四顧無人時低聲透露，家書寫在薄薄的粗糙毛紙上。「匪區」種種可怖的信息——甚麼人被活埋了、甚麼人餓死了、甚麼人被打死了，在緊閉的門後切切私語。輾轉過手而來的家書，皺皺的，在不同的貼身口袋裏和體溫心跳壓在一起；不知道寫些甚麼，總是使讀了信的人痛哭失聲或低頭飲泣。

那是一個偷渡禁書禁報禁刊的地方。香港的書報藏着國民黨不要你知道的事情和觀點。那是一個很「洋氣」的地方。落難台灣的人，到香港跑「單幫」。想像中，就是在香港和台北之間飛來飛去，揹上一個巨大的包袱，藏着衣服皮包和化妝品，放到台北的「委託行」去賣。

香港的電影有好看的拳打腳踢也有莫名其妙的追逐胡鬧，有李小龍和丁佩，有胡金銓和鄭佩佩，有沈殿霞和蔣光超，更有淩波和樂蒂風靡了整個台灣。但是他們不會拍《英烈千秋》這樣情懷壯烈的偉大電影。

上了大學，又看見了一種人叫「香港僑生」：總是群來群往，大聲講着廣東話——唉，好難聽。國語很蹩腳，舉止很奇怪，看起來既不像中國人，又不像外國人。無法分類，只能遠遠看着。

我問三十五歲的台灣人，小時候的香港印象是甚麼？一個說：

港片。《楚留香》。

有錢人好像很多。電影上看到勞斯萊斯，台灣好像沒見過。

小時候有一本彩色兒童圖書《兒童樂園》，裏面有一篇固定會有的漫畫，主角是小女孩「小圓圓」，一個中產香港家庭的小孩。常談到香港的事，例如不准放鞭炮，假日要去新界旅行。

有一個很危險的機場。

雙層巴士，還有雙層的電車。

「飲茶」好像比台灣好吃。

有一條很長的隧道橫過海底。小學時候老師問去過香港的同學第一個問題就是：「海底隧道長不長？」

另一個三十五歲的人說：

對香港唯一的兒時印象來自爸爸的香港表哥。有一天他出現了，就是一個很老土的樣子，口音濁又大聲，感覺上像是鄉下來的。

一九九五年的夏天我終於去了香港，按地址找到了香港島我爸的表哥，那是條專賣魚鮮乾貨的街道，原來爸爸的親戚做的是很下層的苦力，跑腿、送貨、搬東西，工作的地方狹窄陰暗，充滿各式鹹腥味，完全不是媒體上香港所看到的光鮮氣派。

誰是香港人？

來到香港之後，我就開始不斷地倒帶。好像小時候看的電影，長大了之後回頭去看，想理解當年無法理解的事情。影帶往回倒，定格，找細節。每一個細節都帶來驚詫。

當年眼中「國語很蹩腳，舉止很奇怪，看起來既不像中國人，又不像外國人，無法分類」的「香港僑生」，現在我睜大眼睛看分明了：他們是主管香港廣播的邵盧善，是總裁東方報業集團的何文翰，是總編《亞洲週刊》的邱立本，是大散文家董橋，是瀟灑狂放的才子馬家輝和梁文道。香港的文化，有半壁江山在這些「怪裏怪氣」的香港僑生手中撐起。

認識了香港之後，突然發現了很多好朋友的另一面：經營「台北故事館」的律師陳國慈，把文化品味帶進台北的市井生活，是香港拔萃女書院的畢業生。看起來瘦弱羞怯的林百里，憑空打下世界的電腦製造業江山，是新界大埔墟長大的小男孩。為台北藝術發展奔走呼籲的蕭麗紅，是嘉諾撒聖心書院的學生。寫詩的席慕蓉，今天還能悠悠背誦完整的《琵琶行》，用漂亮的廣東話，因為那是她在香港讀小學時老師教的。

香港不是沒有當代文化史的。

當年想像的香港，背景是油麻地廟街，前景是黑道殺手在奔跑。不知為何叫「油麻地」，但是看見地面因為夜市的蒸煮煎炒潑灑而油膩膩、黏糊糊、髒兮兮，覺得「油麻地」這地方果真很「油麻」，名字取得好。小混混大流氓總是在麵攤上突然竄起，要不被人追打，要不相互殘殺，總之就是在又麻又油的市井周遭裏打砸一通，鬧個人仰馬翻，狗血噴頭，然後響起警笛呼嘯。

《無間道》的流行，大概就像一個得獎銅牌再度用油刷個晶亮，「油麻」香港印象深植人心。日前邀姪兒來香港玩，這十六歲的台灣少年搖搖頭認真地說，「好危險的地方啊，滿街都是黑道，不是嗎？」

我瞠目結舌，但是想到自己當年的愚昧，倒是噗嗤笑了出聲。

「黑道」都躲在哪裏呢？走在街上可看不見。倒是在重慶大廈對面，我曾經站在那兒，真的站了很久，看着這棟老舊不堪的大樓，夾在熱鬧閃亮的商業大樓之間，城府很深，像一個落魄頹唐的江湖老大，坐在喧嘩無知的群眾裏，獨自喝着悶酒。各色人種從重慶大廈的跨間進進出出，有一種鬼祟的氣氛。你也知道，這大廈裏頭賣淫的正在賣淫，走私的正在走私，詐欺的正在詐欺，殺人的正在殺人，絕望的正在墮入深淵，勇敢的正在相互勉勵，自殺的正在做最後的告解。當警察出現，運出一具不好看的屍體時，人們並不驚訝。

站在重慶大廈對街，可以看見這個城市的靈魂幽暗處，既英雄，又邪惡。

但是，香港仍是一個光明安全的城市。包藏着七百萬人的龍蛇雜處，我敢讓十五歲的兒子在週末的清晨一點，獨自搭車回家。每次等到他回來，為他掌燈開門，我就感謝這個城市，感謝它給作兒子的自由，給作母親的安心。

真實的香港和電影的香港，距離很大。

倒帶到從前對「香港人」的印象：李小龍、蘇絲黃、楚留香、被綁架的港商、被跟蹤的港星……不對啊，可還有錢穆、徐復觀、胡秋原、張愛玲、蔡元培、許地山，加上在上環老城「專賣魚鮮乾貨的街道跑腿、送貨、搬東西」的苦力表哥，這幾種截然不同的印象，怎麼調和呢？有沒有所謂「典型香港人」這個東西？如果有，他長甚麼樣子？他應該來自中環還是新界？深水埗還是半山？她應該是鵝頸橋下打小人的巫婆還是在淺水灣飲英國下午茶的貴婦人？白襯衫綴着袖扣、英語帶倫敦腔的「高級華人」還是在二樓書店買《資治通鑑》的文人？

我納悶的是：「蘇絲黃」和錢穆這兩個「香港人」怎麼溝通啊？

「不可以」主義

那時才到香港沒多久，在一個大商廈裏隨意地逛，幾個小時下來，手上提着掛着的大包小包愈來愈多愈重，但是我既不渴也不餓，不想進去一個咖啡廳裏呼吸別人的二手煙，於是就在一個角落的台階上坐了下來，大大小小的紙袋堆在身旁，那光景，大概有點像紐約街頭的流浪「垃圾婆」。

三分鐘不到，管理員就出現了。不行，這裏不能坐。

「為甚麼不能坐？」我反問。

不能坐就是不能坐。你可以到咖啡館去坐。

「我不想坐咖啡館，您可以強迫我坐咖啡館嗎？」

不進咖啡館，就要到中庭那裏有長櫈，規定可以坐的地方才可以坐。

「那兒太遠，我不想去。是哪兒的規定說我不能在這不妨礙任何人的地方坐一會兒？」

管理員突然冒出這麼一句話來：「小姐，沒有規定可以的，就是不可以。」

我笑了出來。就憑他這句話，不跟他吵了。

置地廣場裏頭有個噴水池，是香港約會見面的地標，四周總是站滿了等候的人們。當你站得太久太累，想在水池邊上坐下來時，你就會發現，水池邊早圍上了一圈柵欄，就是不讓你有坐下的機會。

有一天和朋友在太古廣場走累了，「規定」可坐的範圍又太少、太遠，我們就在一截偏僻角落裏的台階坐下，邊坐下邊說，「我們來打賭，坐下幾分鐘之內，管理員會出現。」朋友說，「五分鐘」，我說，「三分鐘」。

我們都錯了。在坐下之後的第四十五秒，不知從哪裏就冒出了一個管理員，搖着頭，搖着手，認真地說，「不可以，不可以。」

我看見商業設計者的精算：商廈中，公共的休息空間若是多，就減少了商店的獲利機會。最「狠」的設計就是，讓消費者走得很累——譬如手扶梯策略地相隔甚遠，拉長你行走觀看的路線；休息的公共空間特別稀少，而且必須讓你不容易找到；即使設計了一個噴泉或者花圃，噴泉或花圃的邊緣必須太高或者凹凸不平，讓你坐不下去。消費者，在這樣的空間設計裏，就像踩着空輪的松鼠，無處可歇，就不斷地走進下一個商店、餐館、咖啡館裏，不斷地消費。

我的偏見告訴我，這是一個不尊重人的「剝削」邏輯，我不喜歡，但是這也是一個可以理解的邏輯，因為設計者被要求為商家的利益打算。可是，當我在公園裏也被「不可以」的時候，我才發現，這不僅只是一個商業邏輯，還有別的。

在公園青翠如茵的草地坐下來，沒有幾分鐘，管理員出現了：不准坐。

「那你要我們坐哪裏？」

只有明顯呈座椅形狀的石頭或金屬板櫈才能坐，其他一概不行。

奇怪，草地青青，不就是要給人們倘佯、作夢、放風箏嗎？不就是要讓孩子們翻滾、奔跑、捉迷藏嗎？這「不准坐」的邏輯是甚麼呢？

台北人多麼不一樣。我曾經看見人們在「禁止烤肉」的牌子前擺出陣容浩大的燒烤家當，曾經在「請勿踐踏草地」的告示下看見踩禿了的草坪，曾經在「於此丟垃圾者是豬狗」的咒語下看見成堆的垃圾，在「禁止機車」的走廊裏閃避機車橫行。台灣人，好像不太把「不可以」看得太嚴重。

如果在黃昏的橙紅光彩中，到中山堂和中正紀念堂寬闊的廣場上散步一下，所有寫着告示的牌子都看不見了，管理員好像也從來不曾存在；廣場上，跑的、臥的、趴的、滾動的、搖擺的、跳躍的、快的、慢的、旋轉的、翻滾的，甚麼都有。

在香港和台北之間穿梭多了，就看見了兩個城市明顯的氣質差異：台北有一種慵懶散漫，顯得從容閒適，香港有一種劍拔弩張，認真而緊張。在氣質後面，似乎藏着不同的信仰：在台北，沒有規定不可以的，就是可以。在香港，沒有規定可以的，就是不可以。

寫到這裏，突然心中一動：我的沙灣徑25號，是不是也有甚麼告示牌？

離開書桌，下了樓。夜色已濃，一片靜謐，杉樹和杜鵑花在空曠的地上播灑出斑駁婆娑的黑影。我來回走了一下，果真發現了一個牌子，仔細瞧，上面寫的是：

滑板禁止。

滾軸溜冰禁止。

單車禁止。

踏滑板車禁止。

樹是城市的原住民

——為香港樹木保護法催生

新界的許願樹受傷了，眾人關心，樹醫搶救。但是，這可能不是長治久安的辦法。

我在歐洲的家，有一個院子，裏頭有五株松樹、兩株蘋果樹、一株櫻花、一株梨樹。靠書房的那株松樹長得特別快，婷婷伸出的松枝一年就增長三十公分。樹幹一圈一圈加粗，像小孩兒搶着長身體似的。然後書房外面的那面牆腳，開始出現八爪裂痕；我們知道，松樹的根也在地下長，跟房子爭地盤了。不處理，房子要壞。

我們站在松樹下，討論是否不得不砍樹。十歲的兒子在不遠處他專屬的菜圃上，正趴在土上種番茄。聽見我們的談論，晃了過來，說，「松樹幹直徑已經超過六十公分，不能說砍就砍喔。」原來村裏的樹木保護法規定，即使是你自家院裏的樹，樹幹直徑超過六十公分就得事先取得村政府的許可，才能砍除。

我看着這手上臉上都是泥巴的小鬼，心裏着實驚訝：這樹木保護法夠兇悍，連人家後院的樹都管。學校的公民教育也夠厲害啊，讓一個十歲的小孩都知道甚麼樹木受甚麼保護，還回來教訓家長！

一九九九年，我開始在台北市政府作公務員。有一天收到一封老太太的信，字寫得大大的，濃濃的墨，一看就是一封情感激動的信：一條計劃道路要穿過她家門口，因此要切到她家院子裏的一株老樟樹。這株老樟樹，她說，不知幾歲了——樹小的時候，老人自己也是孩子；人老了，樹也大了。樹冠濃密美麗，巷子裏的居民都很愛它，能不能不砍？老太太甚至願意把自己一部份的房子捐出來，如果樹能留下。

我們召集了各個工程部門去會勘這棵樹。真是一株風情萬種的老樹啊。樟樹樹幹顏色黝深，紋路歷歷如圖案。樹葉層層疊疊，發出清香。放學歸來的孩子們在樹蔭下嬉鬧，鳥雀在頭上的樹叢裏追逐。有了老樹覆蓋，再粗陋的巷子也變成溫馨甜美的家園。

這樹沒「法」保護嗎？原來法是各有轄區的：珍貴樹木、公園植物、行道樹、山坡樹，都各有法令管轄，但是在這些範圍之外的樹，是沒有保障的。

協調之後，工程部門同意留樹。歷史就被創造了：第一次，計劃道路為一株老樹轉彎。人們承認了：樹，才是一個城市裏真正的原住民，驅趕原住民，你是要三思而行的；不得不挪動時，你是要深刻道歉的。

市民的來信更多了：「上百株欒樹突然被砍光了。我可是從幼稚園起，就每天走那條路上學的。」「河邊本來有一整片參天老樹，地產商在一夜之間全部砍下，變成光禿一片，然後換上小樹，街坊鄰居們都傷心透了。」

我們才發現，城市裏頭樹的最大殺手有兩個，一是政府的工程行為，一是私有的地產開發。工程行為一心只想硬體的建設，造橋鋪路就是目標；地產行為一心只顧利益的收入，樓地板面積必須帶來最大的利潤。至於樹木與居民的歷史情感、綠色環境帶來的生活美學、或者「樹木是原住民」的生態哲學，當然不在工程手冊和建商契約裏。這種工程和開發行為，一砍就是成千成百的砍。而你不可能像搶救老樟樹一樣，一株一株去救。牽涉工程目的和經濟利益，你也不能訴諸於道德勸說。在法治社會裏要解決問題，還是得用法治的手段。

於是我們開始立法。專家學者花了上千個小時的細節討論，各層公務員花了不計其數的加班夜晚，在老太太為樟樹陳情之後的第三年，台北市通過了「樹木保護自治條例」。從此以後，不論是政府工程或是私人開發，動工之前必須先提樹木移植或保育計劃書，才能取得動工的許可。

這個法最深刻的意義在於：從此以後，人文價值滲透工程思維；價值改變，一個城市的面貌、氣質，和內涵，從此不同。

然後有一天，十歲的孩子也會告訴你，嘿，樹可不是這樣對待的啊。

在一個有文人的城市裏

台北的誠品書店在廣大的華人眼中，是一個重要的「台北文化」地標。這樣的書店可以成功，不僅只是一個經營的技巧而已，它需要社會的多元開放，更需要數量足夠的、相對成熟的讀者群體。北京上海缺多元開放，新加坡香港缺讀者數量。

台北還有一個比較不為大眾所知的文化地標，亞都飯店。一棟不現代、不漂亮的大樓，處在不時髦、不熱鬧、非常小市民氣味的民權東路上，卻是台北文化界特別熟悉的一個聚會的點。記得海德堡大街上一家旅館，每次經過，我會想到，雨果、左拉在這裏住過。也記得威瑪廣場上一家旅館，歌德、巴哈、李斯特、托馬斯曼在這裏住過。托馬斯曼的一整部小說在裏面寫成。旅館就像老樹、老房子、老街，盛載着一個城市含蓄的情感和記憶。如果在很多年後有一天，亞都打開它記憶的本子：多明哥、高行健、馬友友曾經在這裏停留；胡德夫曾經在這裏駐店演唱；楚戈曾經在這裏過七十大壽；多少文人藝術家曾經在這裏向企業募款，在這裏密商一個

思想雜誌的誕生，在這裏討論精緻藝術如何可以下鄉……

亞都不是紫藤廬，和紫藤廬有「階級」差異。但是在不同的「階級」平台上，都有文化的據點，正是台北文化的可愛之處。

一個五星級的酒店，本來應該是一個單純的「資本主義」的據點，設法賺錢就是，何以變成一個累積記憶的文化據點？自然是由於主事者對於這個城市有心：他對這塊土地有強烈的認同，對於文化有比較深刻的認識。沒有這些，一個酒店再好也不過就是全球化的自動運輸帶上一個標準作業連鎖環節罷了。

嚴長壽從一個沒有大學文憑的跑腿「小弟」變成跨國公司的總經理，又把一個客觀條件不好的亞都變成一個文化地標，是一則傳奇。人們追問「嚴總裁」成功的原因，他曾經舉過「垃圾桶哲學」來回應：當他是「小弟」時，別人不願做、不屑做的工作，他就甘之如飴地搶過來做，也就是說，把自己當作「垃圾桶」，而其實，增加了自己的容量，也讓別人愉快。

四月，胡德夫開演唱會，我特別飛回台北。香港的朋友們很驚訝：胡德夫是甚麼人？於是我嘗試着解釋：他是個原住民，唱歌寫歌的，長得像流浪漢，唱得像吟游詩人，他是台灣文化史的一個標誌。當所有的人都在學唱美國人唱的歌時，他開始和幾個朋友譜自己的歌，寫自己的詞，表達自己的感情。這個「自己」，指的是他腳踩的土地，他熟悉的人，他信仰的東西，他習慣的語言。人們因他的才華而特別「寶貝」他，但是他的藝術家性格又使得他的現實生活特別坎坷，頭都白了，才出第一張作品。所以我要去。

當天晚上，為這個赤腳的吟游詩人，台北可是「冠蓋雲集」；官帽和桂冠，在朝的和在野的，曾經是伙伴現在是敵人或者曾經是敵人現在是伙伴的，曾經有過理想和熱情的，全部到場。

在台北，文化史的起承轉合章節，特別清晰。

演唱結束之後，熱情一時揮散不去的文人吆喝着湧到一個巷子裏的小酒館「續攤」。幾十個人，在酒酣耳熱中，辯論三十年前的「革命理想」，回憶吉光片羽的斯人斯事斯地。聲音愈來愈大，夜愈來愈深，有的起身走了，有的才剛加入。嚴長壽在一旁忙着拿杯子，點小菜，倒酒，問每個一頭闖進來的作家或總編輯或主筆：

「你喝甚麼？」

「總裁」又是「小弟」。

清晨兩點半，人散了，我們走出小酒館，我才知道，他第二天一早要趕到機場，飛新加坡開會。我萬分抱歉：「太對不起了，把你拖到現在。」他微笑着說，「不留也不行啊。總要有人付賬吧！」

就在那深夜的小巷裏，我愣住了。一瞬間明白了，甚麼叫「垃圾桶哲學」。

是野馬，是耕牛，是春蠶

——為雲門三十年而作

每一個時代每一個城市都有幾個特別的人
他們的才氣和執着使那個城市的名字
被別人記住

秘密

一九九二年的早秋，我在法蘭克福的「世紀劇院」看雲門的《薪傳》。滿座，而且，演出結束時，滿場觀眾起立熱烈鼓掌，久久不肯離去。

歐洲的觀眾是苛刻而不講情面的。我曾經在羅馬看《卡門》的演出，導演的手法笨拙，中場休息時，觀眾面帶慍色，站起來就往外走，邊走邊罵。再開場時，一半的位子是空的。

給雲門的掌聲一陣一陣的，在大廳中迴響；林懷民出場時，掌聲像油鍋開炸，轟的起來。他很瘦弱，剃着光頭，穿着布衣，對觀眾低首合十，像一個沉默的慧能。

雲門舞者深深、深深鞠躬；歐洲觀者長長、長長鼓掌。對於許多許多人而言，這是第一次驚訝的發現，「台灣」兩個字除了「蔣介石」和「廉價成衣」之外竟然還有別的東西，而且是這樣一個可以直接與歐洲心靈對話的藝術。

如果這是一支來自芝加哥或者巴黎或者倫敦的舞團，那麼今晚也不過就是一場「傑出的舞蹈演出」罷了。西方各國對雲門的評價就在它的藝術成就：它是「亞洲第一當代舞蹈團」《泰晤士報》；「世界一流舞團」《法蘭克福滙報》；「一流中的一流舞團」《悉尼晨鋒報》；「雲門之舞舉世無雙」《歐洲舞蹈雜誌》。

人們還在喊叫「BRAVO」，我在群眾中，看見的卻不僅只是雲門的藝術成就。這些歐洲人不會看見的是，雲門舞者躍上舞台前所穿過的幽幽歷史長廊；舞者背上的汗、腿上的傷、深深的一鞠躬裏，藏着藝術以外的民族的秘密。

「窮孩子」文化

林懷民很敢。他敢在一個認為男孩子跳舞是不正常、女孩子跳舞是不正經的極端保守封閉的時代裏，脱下衣服，露出肌肉，大聲説，「我有一個夢，要創立一個中國人的現代舞團。」這是開風氣之先。

他也敢，在一九七三年台北中山堂第一次公演中，對不該閃而閃了鎂光燈的滿場觀眾説，我不跳了，「落幕重來」。這是對群眾的不假詞色。

林懷民很固執。當他認定了「九歌」需要一池活生生的荷花長在舞台上時，他就開始種荷花，從培養爛泥開始。這是對藝術品質的不肯苟且。

為了演出先民「胼手胝足」的墾荒精神，他讓舞者離開舞台地板，到新店溪的河床上搬石頭，用身體感覺石頭的粗獷。這是把藝術當作身體力行的修煉。

他把人們認為最前衛、最精緻的藝術帶到鄉下，在廟前搭台，演給赤腳的孩子、駝背的鄉婦、戴着斗笠的老農看。他專注地演出，有如在為一位顯赫的王子獻藝。這是以藝術度眾生的大乘實踐。

在亂世中成長的台灣，到了一九七零年代，還是「窮人家的孩子」。「窮孩子」的文化特色就是，用野台戲的方式過日子：燈鬆了嗎？用膠帶綁一綁。碗破了嗎？將就用着吧。顏色不協調嗎？無所謂啦。螺絲尺寸不對？差不多就好。野台戲演完之後，一地的瓜皮紙屑，讓風去決定去向。「窮孩子」文化也許個性十足、自由愜意，但它同時是封閉保守的，因為他沒見過世面；它是將就苟且的，因為他貧窮；它是短視淺薄的，因為眼前的生存現實太壓迫，他無力遠眺。

鄉下出生的林懷民，顯然把這一切都看在眼裏。三十年來，他沒有一個動作不是在試圖改變「窮孩子文化」中的局限。他不說教，只是默不作聲地做給你看：新鮮的觀念——來自美國歐洲、來自印度印尼，他不斷引進；對於品質的要求，他一絲不苟；對於群眾的文化權利，他恭敬地奉獻，但是同時嚴格地要求群眾盡他應盡的義務。三十年不動聲色的教化，我們看見了「窮孩子」的蛻變。他一方面闊步往外，在國際的燈光裏瀟灑顧盼；一方面往內下鄉，影響所及，五萬人可以為一場現代舞聚集到一個廣場上，聚集時井然有序，安靜禮讓，離開時沒有雜踏的喧囂，地上沒有一片紙屑。「窮孩子」已經學會自信地與自己相處、落落大方地面對世界。

西方的藝術評論者看見的是一個傑出的舞團，一個一流的編舞者。我們心裏明白的是，不只啊，如果你知悉我們的過去，你就會知道，雲門是一個文化現象，林懷民是一個「新文化運動」的推動者。他不是唯一的，但是在二十世紀下半葉的台灣文化史上，他是一個清清楚楚的指標。

林懷民推動「新文化運動」，但是甚麼推動了林懷民？一九七一年影響了一整代的台灣菁英：陳若曦、劉大任、張系國、王杏慶、馬英九……釣魚台給了日本，激起無數年輕人的民族意識，保釣運動成為很多人政治覺醒的「成年禮」。年底，台灣退出聯合國，一個更大的震撼，原來已被激起的比較浪漫的民族意識聚焦成為非常具體的對台灣前途的強烈關注。是這個時候，二十四歲的林懷民「覺得對自己的民族，對曾經滋養教育他成長的社會，應該有所回報。」一七二年回國，七三年，台灣就有了雲門。

有理想抱負，希望對社會「有所回報」的年輕人很多——我們那個年代的知識青年，讀胡適之、蔣夢麟、羅家倫的書長大的青年，幾乎都是這麼想的，但是說得出、做得到的人可是少數。尤其是文化人，通常多是「思想的巨人，行動的侏儒」，越是天馬行空、創意奔騰如野馬的人，越難做出事情來，因為「做事」，需要的是謹慎仔細、步步為營、耐磨耐操、永不放棄的毅力，像耕田的牛。同時具有野馬和耕牛性格的人，簡直就如絕崖峭壁上的紅牡丹，難得。

林懷民三十年來編舞不曾斷過，藝術家「野馬」的部份持續煥發，而企業家「耕牛」的部份亦步亦趨。經營一個舞團需要甚麼？從場地租賃、人員培訓、廣告公關、財務運用到國際宣傳，有千千百百個細微枝節必須統籌；募款，更是沉重負擔。到三十年後的今天，雲門仍須花很大的精力籌措每年的開支。「耕牛」仍套在磨上轉着。

在我還不認識林懷民的時候，曾經聽人說林懷民「身段很軟」，「他陪幾個雲門的『金主』看演出，一個『金主』的耳環掉在地上，林懷民彎下身去滿地找。」

講這故事的朋友流露出一種複雜的情緒，似乎一方面讚嘆林懷民的為了理想能屈能伸，一方面又彷彿在宣稱，我的腰，可彎不下來。

在認識了林懷民這個人以後，我就發現，啊，那個朋友錯了。林懷民不只是會為一位「金主」彎腰去找她失落的耳環，他也會為一個菜市場的老婦彎腰去檢起一根掃把。當我自己在台北市文化局當了三年家之後，我又發現，唉，「彎腰撿耳環」是了不起的情操；有時候，「耕牛」比「野馬」還要偉大，因為「野馬」的才氣縱橫容易得到掌聲，「耕牛」的忍辱負重往往在人們看不見的幕後，黯淡的角落，它更寂寞。

大

雲門慶祝三十週年，要推出《薪傳》的盛大公演。有人說，嗯，多麼「政治正確」的一齣戲啊，在這時候推出。說這話的人們，實在小看了林懷民。

充滿了「台灣意識」的《薪傳》在「大中國意識」籠罩的一九七八年首演時，

是多麼的「政治不正確」。而林懷民當年也不是為了政治的對抗而作《薪傳》，創作的動機是完全個人的：「那一年，我受傷了，撐不下去，就出國了。在國外想家，回來就編了《薪傳》。」在寂寥的國外所想的「家」，當然不會是長江或黃河，當然會是濁水溪或是新店溪。鄉土文學開始興起，「我們的歌」開始流行，大學生開始下鄉關懷本土，雲門演出台灣先民的墾荒史詩，都不是當時政權所樂見的發展，雖然那是人心之所趨。《薪傳》的嘉義首演，與中美斷交發生在同一天。巧合，卻充滿象徵意義：台灣往後長達數十年的孤立開始，台灣人試圖從自己的土地上尋找力量，同時開始。

林懷民創作的起點，其實是古典中國。本於莊子的《夢蝶》是他第一個作品。「雲門」的命名來自中國文化的根源，「黃帝時，大容作雲門」；「雲門」是中國最古老的舞蹈。雲門草創，演出的宗旨是「中國人作曲，中國人編舞，中國人跳給中國人看」，推出的是「李白夜詩三首」、「寒食」、「奇冤報」、「哪吒」等等充滿古典中國人文情懷以及民間傳說的作品。但是林懷民很早就發現了台灣本土的文化養分。在演出《哪吒》的同時，他在採集「八家將」——那個年代，誰把「八家將」當一回事？在排練《武松打虎》的同時，他在研究「吳鳳」；發表《夸父追日》、《孔雀東南飛》的時候，《薪傳》已經在醞釀；《女媧》的演出，與《廖添丁》只差幾個月。

還沒有人高喊「台灣意識」的時代裏，林懷民已經在執行「台灣意識」的落實。在「台灣意識」變成口號、人人搖旗吶喊的時候，譬如三十年後的今天，林懷民演《薪傳》、演《我的鄉愁我的歌》，但是也演完全不符合「台灣意識」的《紅樓夢》、演《九歌》、演《水月》。在還不太有人談原住民的權利的時代裏，他編《吳鳳》；知道了「吳鳳」傳奇對鄒族人的不公之後，他停演《吳鳳》，並且上山採集鄒族音樂，溶進《九歌》。在中國逐漸被台灣「妖魔化」的年代裏，他為坐監十八年的魏京生寫《致魏京生》，為天安門六四的死難者作《輓歌》。

說林懷民「政治正確」的人，實在小看了林懷民。雲門的傑出不是偶然的。任何人的傑出都不可能是偶然的。林懷民的成就，在一個「大」字，大視野，大胸懷，大氣魄。對於俞大綱為他開啟京劇的世界，他說，「作為一個創作者，我從其中得到很多，如果沒有這些寶貴的東西，『雲門舞集』甚麼都不是，充其量只是美國現代舞的一個翻版。」他像一條湯湯大河，沿路吸納千溪百川——中國的、台灣的，古典的、生活的，國際的、本土的，西方的、東方的——然後奔流入海，吐納山川。一個緊跟「政治正確」、追逐潮流的作者，能成大器嗎？

不是抉擇

雲門三十年，林懷民從二十六歲變成五十六歲，仍在奔波。看着他消瘦的臉，我不忍心地問，「籌款順利嗎？」他一貫地「大事化小，小事化無，」說，「可以過，可以過。」「可以過」的後頭，我當然知道，是一隻身心疲憊的「耕牛」。三十年中，我在國外看過多少次雲門的演出，看過多少林懷民給「台灣」兩個字帶來的榮耀。台灣外交部一年有接近三百億的預算，三百億所帶給台灣是否比雲門多，值得懷疑。

雲門三十年，林懷民從二十六歲變成五十六歲，他不再是「寒食」裏頭那個英氣逼人的書生，他在蒼老。「窮孩子」文化還不夠成熟，社會給予的養分還不夠厚，林懷民無法從容不迫地生活。眼看着又是一個「春蠶到死絲方盡」的不是抉擇的抉擇。三十年中，他像個開山始祖一樣培養出許多許多頭角崢嶸的舞團。可是，那個大視野、大胸懷、大氣魄的新的二十六歲的「林懷民」在哪裏？你看見了嗎？

還是水靜流深

從報紙副刊可以看出一個社會的文化體質。在政治壓抑，新聞管制的環境裏，人心的鬱積沒有去處，副刊就成為一個表面平靜、暗潮洶湧的地方。或者是欲言又止的報導文學，或者是拐彎抹角的雜文，或者是借古諷今的歷史評論，每一個字都可能有言外之意，每一行空白都可能有弦外之音。寫的人意有所指，讀的人心領神會。一個社會，本來可以有千種溝通的方式：新聞的報導、時事的評論、議員的質詢、司法機關的調查、心理醫師的輔導、社福機構的協助、警察的主持正義……但是當這些管道堵塞的時候，文學的載重就擴大了，被賦予強大的社會功能。文學性的文字提供了一組密碼，作為社會溝通的另類語言，這種語言，外人看不懂。

在這樣的狀態裏，一石，可以激起千層巨浪。在壓抑中求存的人們渴求解放的聲音，一個作者只要抓到了時代的動脈，又有一點特別的激情和文字的魅力，很容易就成為英雄。而那管制的一方，為了維護自己的權力，往往出手打擊，使得英雄的聲勢反而更高。在渴望英雄的時代裏，英雄也容易產生。知識分子在這樣的社會裏，雖然因壓抑而痛苦，可是也因壓抑而往往自我感覺特別重要。極權是惡龍，人民是美女，知識分子就是那手裏拿劍、騎白馬而來的王子，副刊是白馬馳騁的沙場。二十年前的台灣，副刊曾經是萬人矚目的焦點。今天的中國大陸，文化版及副刊的「沙場」雖然有限，但仍舊是疼痛的神經中樞，仍舊是一石可以激起千浪、英雄隨時可以躍起的地方。

香港報紙的副刊與大陸和台灣是一個很不一樣的生態。殖民地的教育與文化導向使副刊從來就不曾是影響社會的「中心」、產生英雄的「沙場」；它是真正的「副」刊，陪襯着英文的主流媒體。回歸七年以後，最近的香港，卻儼然正在進入一個「呼喚公民運動開展」的時代，公民力量有風起雲湧之勢，副刊成為公民意識的花圃。是否真開得出花來，沒人知道，但是土壤，和種子，都鋪好了，只待和暖的天氣。

解嚴之後，台灣的副刊卸下了原先被膨脹的社會責任：揭醜，有新聞記者；

為民喉舌，有民意代表；伸冤，有司法機關；扶弱，有社福機構……人民自己的聲音兇猛多樣到一個地步，知識分子四顧茫然，一時找不到自己的位置。在眾聲喧嘩裏，英雄的時代過去了，知識分子和副刊，退到一個安靜的角落，變成多元社會的一元。這時候，比的不再是激情和魅力，更多的卻是專業：影評藝評樂評書評需要專業，批評政府的文化或環保或經濟或國防外交政策需要專業，批評城市規劃和建築美學需要專業，批評政治管理需要專業。副刊，隨着社會的開放多元，也從一石千浪轉化為靜水流深。

不，不那麼美好，因為當政治強權撤走的時候，商業強權取而代之。當價值多元平頭出現的時候，劣幣又往往驅逐了良幣，功利短視掩蓋長遠的視野。知識分子退到邊緣，本是好事，因為「美人」獨立自主才是現代「白馬王子」追求的理想，但是沒有一個社會不需要前瞻者、預言家和行動家，沒有一個社會的改革不需要激情和魅力。回歸專業，並不意味着知識分子的全盤「工匠化」，而是説，知識分子如何在厚實的專業基礎上，不放棄激情和魅力，為社會前瞻，預言，行動。副刊的轉型，可能不是退居邊緣就完了，而是如何把邊緣當作一個新的戰鬥位置，重新出發。

一石千浪轉為靜水流深，不容易。

緊抱着狹隘的現代

國文教材裏文言文愈來愈少，在華文世界裏似乎已經是一個普遍的趨勢。辯論時，一方說，學子要學外語、電腦等等現代技能，古籍的閱讀是一種太重的負擔。另一方說，是的，可是文言文對於學生國文程度的培養是不可或缺的。在兩方的論述裏，文言文都被視為「傳統」，只不過前者視之為減分的負擔，後者視之為加分的資源。

所有的語言都是一把鑰匙；一把鑰匙，能開啟一個世界。我們熱切地學英語、法語、德語、日語，今天愈來愈多的西方人積極地學中文，都是為了要進入一個原來陌生的世界，去被那個世界裏的思想和文采啟發、感動，而且掌握了那個語言，可以使我們跟現代更能銜接，更能靈活地運轉。大部份的我們選擇一個語言學習，是因為那個語言所代表的世界是先進的、豐富的、現代的。

文言文所代表的世界呢？它在人們心目中，喚起「先進」、「豐富」、「現代」

的聯想嗎？文言文能使我們在「現代」裏更靈活地運轉嗎？文言文不是一個滿佈灰塵的古董瓷器嗎？

防汛期快到時，城市裏的人們會看見消防隊員準備沙包。颱風季來臨前，山坡地上就有人在檢查出水涵孔是否堵塞。公園處要移植樹木時，必須等到秋季。公路邊的雜草，定時有人修剪。掃街的清潔隊員，總是在天亮前已經完成了工作，收取垃圾的車子，總是在天黑前跑完了行程。

走在乾淨的人行道上，看見城市的照章運轉，我總會想起《國語》裏頭的一篇文章，「單子知陳必亡」。〔1〕

《國語》，相傳是春秋時左丘明的作品，中國第一部國別史。記錄了從西周穆王到東周定王之間，周、魯、齊、晉、鄭、楚、吳、越八國的論政。周朝的大臣單子到小國陳國訪問，回來之後向定王作「國情分析」時說，陳國一定會滅亡。定王問他為甚麼。單子是這樣說的：

> 火朝靚矣，道茀不可行也。侯不在疆，司空不視塗，澤不陂，川不梁，野有庾

積，場功未畢。道無列樹，墾田若藝。膳宰不置餼，司里不授館。國無寄寓，縣無旅舍。

用白話文來說，就是，單子這個「外國使節」發現陳國的城市，天很亮了，道路還沒有整理，不能行走。禮賓司沒有派人到邊境迎賓，養工處不巡視道路，湖邊上沒造堤防，河川上沒架橋樑。田裏的稻穀露天堆積，禾場做到一半丟在那裏。路邊沒有行道樹，田裏長的是茅草芽。管宴席的不送牲畜來，管賓館的不接待客人。首都沒有酒店，小城也沒客棧。

看起來，陳國是一個城市管理系統完全失靈的地方。那麼，應該是怎樣的呢？單子就引錄周朝的法制：

列樹以表道，立鄙食以守路；國有郊牧，疆有寓望。藪有圃草，囿有林池。所以禦災也。其餘無非谷土，民無縣耒，也無奧草。不奪農時，不蔑民工。有憂無匱，有逸無罷。國有班事，縣有序民。

這簡直就是一部城市管理手冊：種植行道樹來標誌里程，偏遠地區要建立旅客餐飲服務。城市近郊要有牧場，邊境要建迎賓酒店。窪地裏要保留野草，城區裏要空出樹林和水池，以備防災。其他的土地，都種糧食，使農民不會將農具懸掛起來空置。政府不可以耽誤農務，不可以浪費人民勞力。國民有優裕，無匱乏，有休閒，無過勞。首都的基礎建設按部就班，地方的力役供求井井有條。

陳國一定會被消滅，因為國家的行政和經濟管理上都出了問題。陳國，果然被楚國吞併。

《國語》記載的是公元前九九零年到前四五三年的歷史，距離今天足足三千年。三千年前的政治管理哲學，對不起，我怎麼看都看不出它是個滿佈灰塵的老古董瓷器。白話文、英文德文不一定代表現代，文言文也不一定代表落後。我在文言文的世界裏，發現太多批判的精神和超越現代的觀念，太多的先進和豐富，太多的思想和文采。

沒有文言文這把鑰匙，你就是對這個世界目盲，而且傲慢地守在自己以為是的狹隘現代裏。

註：

〔1〕「單子知陳必亡」可在任何一本《古文觀止》中找到。

冰涼的黃瓜掉進脖子裏

像一個馬戲團的場子，觀眾席環繞着中心的舞台。歡樂的音樂一響起，所有的目光「倏」一下射向舞台入口。

樂隊出現了，吹喇叭的、打鼓的，踩着浪漫的步伐，搖着晃着打着節拍，在歡呼中進場。

我一向熱愛樂隊，不論是國慶閱兵遊行的軍樂隊或是嘉年華袒胸露背的人妖隊伍，甚至碰到出殯的行列，管他是西樂隊或是嗩吶花鼓，我都會設法從頭跟到尾。

可是這個樂隊，怎麼說呢？我和身邊一個臉頰鼓鼓絕對不超過五歲的小孩用一樣的表情，身體前傾、目瞪口呆，看着正在搖擺身軀、盡情演出的樂隊。然而當五歲的孩子開始熱烈鼓掌時，我卻有一種涼颼颼的感覺，好像一條冰涼的黃瓜忽然掉進脖子裏去。

這些最先進的機器人，太像人，像到令我不安。

二零零五年愛知萬國博覽會，五年一次的國際盛會，想要告訴我甚麼？一圈走下來，就很明白：高科技最終的目的不是使人更脫離自然，而是使人更接近自然，也更為自然所接受。因此所有館舍的建築材料都可以拆卸，有些更屬於原始材料，譬如竹片，使用後回歸大地，因此所有場址上的電力都來自自然能源，因此展覽的各種看板不斷地告訴你溫室效應和經濟消費會給人類帶來甚麼樣的前景。

好聰明的設計人。在同一棟館中，這一邊，你看見尖端科技發展出的巨幅雷射熒幕，把大自然的豔麗繽紛以纖髮畢露的清晰度帶到眼前；那一邊，長毛象的頭——不是塑膠做的，是有血有肉有腦髓的真實的頭，彷彿還睜着一隻惺忪的眼睛，從窗裏看出來，看着排隊的人潮。長毛象活在一萬八千年前，冰雪意外地保存了他，科技把他從時光隧道帶出來，和現代交錯，告訴你：洪荒一萬八千年，也只是宇宙一瞬間。沒有現代科技，大地的本色、古老的智慧，我們可能無法目睹。

德國館更是精準地呈現了科技如何從自然汲取智慧：汽車的外殼材料如何減輕，靈感來自動物骨骼；游泳衣和潛艇材料如何降低水的阻力，學自鯊魚的皮組織；尖端的清潔科技，來自對於蓮葉原理的觀察……原來科技可以來自自然，而又使自然得以長長久久。

可是我無法不看見種種的矛盾。為了建造博覽會的場地，十公頃蟲鳥深藏的森林被毀，砍掉了一萬株樹，挖出了小池，填出了假山。而穿梭在所謂一百二十個國家參與的展覽館之間，「先進」國和「落後」國的差距，怎麼也遮不住。不算各大日本企業的巨大投入，日本政府本身就花了大約八億美金。一個小小的德國館，成本是大約一千五百萬美金。

各個日本企業館和德國館前，人潮洶湧，排隊要排上幾個小時，大多數其他的館，人們可以閒散地進進出出。為甚麼？大部份的國家，顯然無法像日本和德國一樣憑藉自己的經濟實力和科技成就砸下大錢，做高品質的製作，而且切題凸顯科技和自然之間複雜的關係，於是只能展出自己國家的風土民俗——風景圖片、旅遊宣傳影片、手工藝品和食物服飾。與博覽會主題拉不上關係，萬國博覽會倒成了個普普通通的招徠觀光客的旅遊博覽會。

日本的八億和德國的一千五百萬，當然都是國家形象的投資。對於個別的國家，這樣的投資或許利多於弊，但是對整體人類社區呢？一百五十年前所創造出來的萬國博覽會，目的難道真是在讓個別國家輪流宣揚形象、展示國力？環保團體抗議這次博覽會的大肆伐木，其實可能提出了一個極為根本的問題：開博覽會究竟為了甚麼，在物換星移全球化的二十一世紀，是否應該重新省思？

台灣說要在二零零八年辦「台灣博覽會」，我不知道主事者是否深思過這個根本的問題，人民又是否同意過？二零一零年的上海要舉辦下一屆的萬國博覽會，我也不知道主事者除了國家形象的投資之外，是不是有更前瞻的視野、更深沉的關懷？

我大概知道為甚麼那機器人令我不安了。

二月十三日這一天

十五歲的孩子在香港的德國瑞士國際學校上學，每天搭乘印着「德瑞學校」校名的專車上下學。德瑞學校的德語學生其實主要來自三個國家：奧地利、瑞士、德國。「今天又發生了。」一進門他就説，放下了書包。

他説的是，德瑞校車和一輛英國學校的校車在半山上擦身而過。英國學生在車內一看見德瑞校車，就全體高舉起右手，對着德瑞學生大喊：「嗨，希特勒！」然後就東歪西倒地大笑。

「那你們怎麼反應？」我問他。

「同學都很氣啊。」他邊脱球鞋邊説，「可是也沒辦法。車子一下就過去了。」

如果不是「車子一下就過去」，我知道，少年們有群架要打了。在赤柱的足球場上，在淺水灣的沙灘上，孩子説，有些英國學生只要看見是講德語的人，就會把手舉起來，發出挑釁的喊叫。有些德國學生就會一邊怒罵，「媽的，希特勒跟我有甚麼關係」，一邊生氣開始追逐。

「有一次，在麥當勞，」華飛說，「兩個英國學生，聽見我和一個朋友說德語，就把手舉起來，衝着我們喊『嗨希特勒』。我們就走過去，說，『你們是甚麼意思？』」

「他們呢？」

「他們大概以為我們要打架，就趕快說『對不起』。跑走了。」

「為甚麼，」晚餐桌上，我的少年問我，「都已經六十年了，歷史好像還沒有過去？」

那是二零零五年二月十三日。星期天，所以我們有充份的時間談我們個別讀到的文章。當天國際新聞有一個焦點：二月十三日是德瑞斯登大轟炸六十週年，德國右翼分子將在德瑞斯登舉行大遊行，紀念被盟軍炸死的亡魂，也企圖利用古城的悲情，塑造德國是「被害者」的形象，以爭取選票。德國政府則擔憂右翼勢力的崛起和擴張，步步為營地試圖防堵。

一九四一年，英國空軍有人建議，要用地毯式轟炸來摧毀德國的城鎮，才能真正斷折德國的戰鬥士氣。這是一種「恐怖戰」，在一九四二年正式成為對德作戰策略。英美盟軍用的是一種「暴雷火」攻擊；飛機對準大城市拋下大量填滿高燃度化學品的「火彈」。當城市陷入火海時，着火區上方溫度快速升高，而地面層的冷空氣迅速侵入，人，便像油煙被抽風機吸入一樣，被抽入火海。

一九四五年，文化古城德瑞斯登被選中了，城內除了原有的六十五萬人口之外，還有幾十萬難民的聚集。在德國投降前三個月，德瑞斯登被密集轟炸了整整兩天，死亡人數究竟是三萬五千還是十萬人，歷史學家到今天也說不清。

對德瑞斯登的轟炸屠殺，是不是一種「戰爭罪行」呢？英美盟軍是不是該受譴責呢？德瑞斯登的市民，有沒有權利為自己受難的親人哀傷或憤怒呢？憤怒的對象，是始作俑者的德國自己，還是丟下「火彈」的英美聯軍呢？如果是對自己，六十年的懺悔和自我鞭笞夠不夠呢？如果是英美，那麼被德國飛機所炸死的人——蘇聯就有五十萬人因德機轟炸而死，又該對誰憤怒？如果德瑞斯登的轟炸是一種罪行，那麼廣島和長崎要怎麼看呢？如果全世界都要德國為歷史賠償賠罪，那麼日本又以甚麼標準可以被容許不賠償賠罪呢？

二月十三日當天，德瑞斯登出現了三股人潮：上千的市民別上了白玫瑰，默哀死者，祈禱和平。右翼分子遊行，要英美承認錯誤。左翼分子聚集，反制右翼分子，圍堵新納粹主義的再生。每一股人群，都在試圖掌握歷史的解釋權，因為歷史怎麼解釋，決定了權力的去處，也決定了未來的日子怎麼過。

「當我們這一代變成總統和總理的時候，」華飛說，一口咬下脆脆的春卷，「不知道會怎麼解釋德瑞斯登。」

那可能是二零四五年，少年五十五歲的時候；但我已經看見，歷史仍沒完。

五十年來一江山

德瑞斯登大轟炸五十週年紀念的當天，德瑞斯登的男女老少胸前別上一朵白玫瑰，緩步來到廣場上。當年的「敵國」——美國、英國、法國和俄羅斯，派出了他們的大使，來紀念這個黑暗的日子。幽幽的銅管樂聲響起，有人流下了眼淚。矗立在古城中心的聖母教堂，一磚一石地重建完成，在嚴寒的夜裏亮起美麗的燈火。倫敦送來一件珍貴的禮物：一個十字架，用中世紀的釘子打成。十字架來自另一個教堂——一九四零年被德軍轟炸成廢墟的英國 Coventry 教堂。

兩邊的人開始對話。當年坐在飛機裏往下丟炸彈的英國兵說，他就是負責丟炸彈，專心丟炸彈，丟完任務就完成了，沒想到，一回去，邱吉爾就說，轟炸平民是不應該的，這種指責，持續了六十年。當年在地面上躲避戰火而倖存的德國人說，他的家人被炸死；屍體燒焦的刺鼻氣味到今天還在他的鼻孔裏。兩個都是八十多歲的人了，聲音分外蒼老。

歐洲的二零零五年，可不尋常。從去年的諾曼地登陸紀念，到德瑞斯登大轟炸，緊接着是五月八日，德國投降、歐戰結束的日子。六十年是個難得的整數，歐洲人停下腳步，細細盤點自己的歷史。

二零零五年對亞洲人而言，又何嘗尋常？四月十七日，是中日馬關條約簽訂一百一十週年。八月十五日，是太平洋戰爭結束六十週年。八月三十日，英國軍艦來到香港，香港重新成為英國殖民地。十月二十五日，台灣回歸中國。哪一個日子不蘊含着千絲萬縷的哀傷和憤怒、悲情和羞辱、傲慢和偏見？當日本人在八月六日和九日為廣島和長崎的六十週年哀悼時，中國人應該同情還是憤懣？當八月十五日來到時，中國人又如何，在簡單的反日情緒中，探索自己民族的靈魂深處？香港人如何解釋這一天自己的歷史處境？台灣人，在身份錯亂的悲情裏，又釐清了多少層歷史的謊言？

我不抱甚麼期望。我不認為中國人對歷史夠在乎，夠誠實，夠氣魄，因為，不必等到四月十七或八月十五，看看一月二十就知道。

二零零五年一月二十日，是一江山戰役五十週年。一江山是浙江外海大陳列島中的一個一點五平方公里大小的島。一九五五年一月十八日，中共首次以陸海空「三棲」作戰方式，派七千名兵力展開全面攻擊，而國民政府的島上守軍只有七百二十名。在歷時六十一小時十二分鐘狂烈的戰火之後，四千多名中共的官兵戰死，七百二十名國軍官兵全部陣亡。指揮官王生明和大陳長官最後的通訊是：「現在敵人距我只有五十公尺，我手裏有一顆給我自己的手榴彈。」

一江山戰役迫使美國加強了與台灣的共同防衛協定，保全了其後五十年台灣的安定和發展。七百二十個年輕人的生命犧牲，還有他們的犧牲所造成的妻離子散，不能不說是令人肅然的捐軀。可是，五十年後，政治氣候變了，權力換手了，符合當權者政治算盤的犧牲和付出，就是在亂葬崗裏都會被挖掘出來，重新立牌供奉。不符合當下權力利益的，再慘烈的犧牲、再悲壯的付出，都可以被遺忘、被蔑視。

於是在一江山五十週年的當天，我們就看見，在台灣一片冷漠，因為一江山已經被籠統打包，歸諸於國民黨不合時宜的歷史廢料。沒有一個政治領袖對那七百二十個青年鞠一個躬，說一句追思的話。同一天，共產黨卻大張旗鼓地紀念，大大小小的各界領導熱鬧聚集：

昨日上午，我市隆重集會，紀念解放一江山島五十週年，共同追憶難忘的光輝歷史，重温偉大的「一江山」精神，緬懷革命先烈豐功偉績。

解放一江山島烈士陵園改造和擴建工程開工。工程佔地三百餘畝，投資二點四五億元。擴建工程以紀念解放一江山島革命烈士為主題，擴大和延伸其城市景觀，使之成為一個集歷史文化、愛國主義教育、市民休閒活動為一體的紀念性主題公園。

參與過戰役的老兵被簇擁着，緬懷當年光榮：「在前面的幹部，傷亡最大，幹部只剩下二排副排長一人，其餘都犧牲或負傷了，但各種困難都嚇不倒英勇頑強的指戰員，我軍從登陸開始只用四十多分鐘，就佔領了二零三、一九零高地等敵主要陣地，全殲守敵一千餘名。終於勝利地解放了一江山島。」

五十年前一場血戰，使將近五千個年輕人死在那幾個足球場大小的孤島上。五十年之後，這一邊是刻意地輕蔑淡忘，那一邊是刻意地大吹大擂。對死者的哀憫和感恩？對殺戮的反省和懺悔？對歷史的誠實和謙卑？對未來的深思和警惕？

我只看見冷酷的政治盤算。

不愛國的蘇珊

有些非常具體的時刻，我強烈地以身為台灣人覺得羞恥。譬如打開新聞頻道，聽見年輕的記者報導一個婦人因為懷疑丈夫出軌而下毒，毒死了丈夫和自己的孩子。記者的語氣義正辭嚴，充滿自以為是的「法官」高姿態不說，他不斷強調這是一個「越南」婦人，她用的是「越南毒藥」，最後還要加上自己的評語，「這是典型落後國家的悲劇。」他口中的「落後國家」當然不是台灣，而是越南。

一個「女人」，或者「人」，所犯下的普遍的罪行，在這個記者的眼中卻成為某一個種族，一個他認為「落後」的國家和「落後」的文化所產生的特別行為。台灣經濟的相對進步在他的世界認知裏，已經轉化成一種道德上的優越。

記者本身不自覺荒謬，社會也不覺得這種世界觀有問題，因為在媒體上，這種姿態，這種陳述，是常態。如果我們追問，這個記者的世界觀究竟是怎麼形成的？為甚麼這樣的態度會被一個文明社會所容忍？在這樣重要的公共空間裏散播這種世界觀，會教出甚麼樣的下一代公民？追問下去，除了羞恥之外，我更覺得不安。

然而，一個年輕記者的無知幼稚所可能造成的影響，跟每天在電視鏡頭上出現，面目凜然而滿嘴謊言的政治人物比較起來，又算甚麼呢？和各形各色的統治者和統治政權寫進教科書裏的半真半假而且還自成系統的世界觀比起來，又算甚麼呢？

蘇珊桑塔在二零零四年十二月二十八日過世了。嚴肅的女性知識分子，卻又如此長期地受到大眾傳媒的注視，成為有思想的男性的「性感象徵」和「女性知識分子的典範」，桑塔是極為獨特的。博學多才，而對公共責任又一肩扛起，也是一個罕見的檔案。在越戰的愛國情緒高漲中，她到河內去譴責美國，說美國是一個以「種族屠殺起家」的國家，「注定要沒落」。到了八十年代，她糾正自己對社會主義的浪漫情懷，批評共產黨的「法西斯」性質，使得左傾的知識分子對她強烈不諒解。到了九零年代，她更親自走進波士尼亞導演「等待果陀」，批判左傾戰友對於戰爭的態度缺乏道德擔當。

她似乎不怕任何爭議，在關鍵的歷史時刻，說出最不符合「政治正確」的話。

九一一事件才過兩週，美國人還在極深的駭異和哀痛中，電視上政治人物用宗教的語言控訴伊斯蘭暴徒，大談團結愛國，電視新聞主播和評論專家呼籲共同對外，整個美國沉浸在一種同仇敵愾的集體情緒中。在濃烈的民族愛國激情裏，桑塔卻發表了這樣的文章：

上週的殘暴現實和電視上公眾人物自以為是的欺騙簡直令人驚異，令人沮喪。媒體人儼然在進行一個愚民運動。這次的襲擊不是一個「懦夫」在跟「文明」，「自由」，「人類」或甚麼「自由世界」對着幹，而是一個對自封為「世界超強國」的攻擊，是美國本身的政策和行動所招來的一種後果——誰敢這樣承認？多少美國人認識到是美國在對伊拉克轟炸？如果一定要用「懦夫」這個字眼的話，用它來描繪那些從安全的高空遠距離進行轟炸的人還比較適當，不能用來形容那些願意犧牲自己生命去殺人的人。勇氣是個道德中性詞，說他們甚麼都可以，但不能說他們沒有勇氣……。我們有個機器人似的總統，他告訴我們美國如何屹立不屈，公眾人物成群結隊地表態支持總統……對於真相的隱瞞不言，實在不配一個成熟的民主社會……民主應該有的辯論和面對現實真相的坦誠被集體治療所取代。

我們可以集體哀悼，但是別讓我們集體愚蠢。

在這樣集體激情的時刻，說這樣「不愛國」的話，桑塔馬上被某些媒體指為賓拉登和薩達姆的同路人，一個標準「叛徒」。

成為「叛徒」，桑塔所做的也不過堅持一種不媚俗，不討好主流民意的坦誠而已，在專制結構裏，坦誠是勇氣；在民主體制裏，坦誠不只是勇氣，還是智慧。

被「空尼」們領導

當七個美國人和一個英國人——這中間有記者，有總編輯，有教授，有作家，有評論家，都是「知識分子」，當八個英美知識分子坐下來共享晚餐的時候，他們可能談些甚麼？

總編輯說，從布殊上台以來，他已經知道好幾對夫妻反目，父子成仇，鄰居陌路。零四年大選時，任何飯館裏的任何一張晚餐桌子上，吵的都是政治問題。教授接着說，在辦公室裏，人們不談政治，對生人尤其要三緘其口，小心翼翼不洩漏自己的黨派傾向，不發表對布殊的看法，因為立場一亮出來，強烈對立的感覺會嚴重到無法共事的地步。記者說，美國在布殊的領導下，已經撕裂成兩國。他有些朋友，因為無法忍受美國政治的氣氛，移民了。評論家說，布殊搞民粹，只要死死咬住一個賓拉登恐怖主義作為對美國的最大威脅，他的權力就有保障。

英國來的貝拉說，「布殊現象」不可能出現在英國。

「美國，」她認真地說，「是個原教旨主義國家，你看他們對宗教的狂熱就知道為甚麼會出布殊這種領袖！跟美國人比起來，英國人太理性、太清醒了。」

美國作家就說，「我正在給一個月刊寫篇長文，題目叫做『如何罷免布殊』。」

從滾燙的湯的熱氣繚繞裏，我望着這些朋友——我想我一定在微笑。

零三年的復活節，和十三歲的華飛到了羅馬，剛好碰見長達數公里的反戰遊行人潮。道路封鎖，過不去了，我們乾脆在廣場的大理石階坐下。陪伴我們的是在羅馬一家大學教政治學的傑若。

花花綠綠的示威人群像翻滾的河水一樣流過，傑若開始跟我們介紹義大利現任總理貝魯士空尼。

空尼年輕時做過推銷員，賣過吸塵器。然後成為蓋房子的建商，有了「第一桶金」之後就開始收購媒體。媒體王國不斷擴張，三大全國性的電視頻道都屬於他；有了電視之後再收購廣播，然後收購出版，收購報紙、雜誌、電影公司、印刷、多媒體、廣告公司……。倫敦的《經濟學人》說，當了總理以後，空尼的媒體事業佔據了義大利全國百分之九十的收視、收聽、閱讀市場。在義大利，這號政治人物非但不退出媒體，他讓全國人都催眠在他的熒光幕前。

壟斷媒體到甚麼程度呢？傑若説，哪一個喜劇演員如果在節目裏消遣了空尼，他就會馬上從熒光幕上消失，不再有通告上電視的機會。

你知道空尼身上有多少「案子」嗎？傑若問。

華飛睜大眼睛：「總理啊，身上有『案子』？」

傑若笑着説，空尼被檢察官指控過的包括：詐欺、行賄警察、法官、國稅局官員、偽造文書、洗錢、逃稅、與黑手黨交易，非法收受政治獻金等等。「還有，」傑若説，「謀殺共犯。」

華飛露出不可思議的表情。

「你們聽過『空尼説笑話』嗎？」

華飛點頭，笑了，説，「我就知道一個。」

華飛知道的「空尼笑話」是這個：二零零零年四月在一場選舉造勢大會，空尼對群眾講了這麼一個「故事」：一個愛滋病患者去看醫生，醫生要他洗「泥澡」治療，就是全身塗上黑泥巴。病人困惑地問，這，有用？醫生答道：「至少你下葬時，已經習慣了泥巴的感覺。」

傑若知道的「空尼笑話」是這個：二零零二年，在歐盟外交部長的年會上，空尼以「總理兼外交部長」身份出席。拍團體照時，就在按下快門的那一刻，空尼突然在法國外交部長的頭上伸出手來做了一個手勢，翹起食指和小指，意思是——「戴綠帽子的烏龜」！

二零零六年四月九日，大選的日子又到了，空尼競選連任。在三月二十九日的造勢大會裏，一面對群眾，空尼又「激情演出」了。他大聲說，「中國共產黨是吃嬰兒的。」

二零零六年，中國大陸正要隆重舉辦「義大利年」，卻不得不先隆重抗議友國總理失言。

空尼馬上糾正自己，「我說錯了。你們去讀『共產黨黑皮書』，就知道，中國共產黨並不吃嬰兒。在毛澤東時代，他們是把嬰兒煮熟了然後拿到田裏去做肥料的。」

義大利電視台專訪時問他為何說那些話，總理回說，「我知道那個笑話是有問題的，但是——我拿自己也沒辦法。就是忍不住啊！」

空尼也是法律系畢業的。〔1〕

註：

〔1〕在廿一世紀初縱橫台灣政壇的人物都是法律系畢業生：陳水扁、謝長廷、馬英九等。

如果文化也能長榮

三年來，我住在一個有陽台的房子裏，陽台面對着南中國海。這個房子，在一個有海港有碼頭的城市裏。海港的名字叫維多利亞，碼頭的名字叫葵涌。葵涌碼頭每一週有四千多艘巨輪，一年二十二萬艘，來自全世界五百多個港口。這二十二萬艘朦朧巨艦，日日夜夜從陽台外的大海航過。起霧時，沉沉的氣笛聲像大提琴的低音。

每天看船，就逐漸認識了這些船。白色的星星映在海藍的底色上，是全球第一大貨櫃航運，一九零四年在丹麥所創的 Maersk。五百艘貨櫃輪，一百四十萬個貨櫃箱，三萬五千多名員工。白色字母寫在黑色船身的是

世界第二大航運，MSC，一九七零年義大利人創建，總部設在日內瓦。MSC 有兩百八十八艘貨櫃輪，來往兩百一十五個國際港口。

遠遠看去，深紅的船底，深藍的船身，漆上白色的字母 CMA CGM，感覺上是法國國旗的紅藍白。還果真是法國人在一八五一年所建，今天是世界第三大的船運公司。兩百四十二艘船，一萬名員工。最有趣的是，這個船運公司的船，都有別號：莫札特號、普契尼號、巴爾札克號、波地萊爾號。作曲家、小說家、詩人的名字，在浩蕩深沉的大海破浪而行。

綠色的貨櫃箱很遠就能看見，緩緩滑行過來。接近時，就能清楚看見深色的船身上白色的 Evergreen 大字。一百艘貨輪，跑兩百四十個港口，往來八十幾個國家。這是世界第四大貨輪航業，台灣的長榮。

台灣，怎麼躋身到丹麥、義大利、瑞士、法國這些「資優班」的國家裏去的？張榮發，從哪裏開始的？在戰火肆虐、民生凋蔽的台灣，這個家境貧寒的少年，「鳳山輪」上操執粗活的「管艙」，是怎麼創造一個全球航運王國的？這個人，在八十歲那一年，也就是今年二月，得到一個重要的大獎：

海事專業報紙 Lloyds List 在倫敦頒「終身成就獎」給了張榮發，彰顯他在船舶經營管理和海事教育上的卓越成就。在此之前，他已經得過法國騎士勳章，也接受過馬來西亞拿督的榮銜。

攤開張榮發的履歷，竟有一點像打開一張台灣的歷史圖表。和絕大多數的台灣人一樣，他在逆境中備嘗艱辛。而因為海島太小了，所以他駛向大海。作為一個航海人，郵遞區號就是異國的港口，上班路線就是地球的經緯，行事曆上記着所有的時差，公司所在地就是全球。

這樣一個現代的「腓尼基人」，在八十歲的時候說要回饋社會，而且回饋的方式之一是設立國際的獎項，就不奇怪了。這樣一個以八十個國家、兩百四十個港口作為辦公室的人，買下台北心臟地點的國民黨大樓，顯然，也值得我們對他有所期待的了。

我們可不可能期待一個「張榮發文學獎」，面對全球的華文創作者，用一千萬元的獎金，長期地誘引、刺激、扶植華文文學的發展？可不可能，當每年秋天，全世界都望向北歐一個小國，等候發佈「諾貝爾文學獎」的時候，我們讓全球華語世界望向亞洲東南角一個小小島嶼，等候發佈「張榮發文學獎」？

我們可不可能期待，看起來霸氣十足、一直象徵政治權力的國民黨大樓，在「現代腓尼基」精神下，被文化的內涵轉化為「溫柔力量」（soft power）的地標？大樓所處位置，是一個城市的眼睛；任何人來到台北，先看她的眼睛。她可以是物慾縱橫、權力熏心的眼睛，也可以是清澈智慧、溫柔敦厚的眼睛。我們可不可以期待，譬如地面和二樓，是一個台灣文化的窗口——在這裏，那來自八十個國家、兩百四十個港口的人，可以買到翻譯成世界各種語文的台灣小說、詩歌、歷史、地理、法制、風俗，人物誌，可以買到台灣導演的電影、作曲家的音樂、書法家和美術家的書畫集、設計家的作品、思想家的論述，翻譯成日文、德文、英文、法文、阿拉伯文……？我們可不可以期待，在這裏，從北京到香港，從舊金山到吉隆坡新加坡，華文世界有一個文化的專屬「客廳」？

我們可不可能期待，對面的總統府變得無足輕重，而這棟代表文化「溫柔力量」的大樓，反而變成中心，變成品牌，變成台灣送給兩百四十個港口的溫柔綿密的記憶？

在諾貝爾的遺囑裏，對於文學獎的託付是這麼說的：「給在文學界創作出具有理想傾向的最佳作品的人。」諾貝爾希望透過一千萬瑞元的獎金，灌溉世界的「理想傾向」，用「理想主義」的熱情去抵抗現實的黑暗和意志的消沉。張榮發在倫敦的領獎致詞中說，「對本人來說，這個獎有一個非常重要的意義，那就是人一定要有理想、要有目標，更要有一定成功的決心和大膽實現的勇氣。」

有「理想」熱情的人，才值得社會期待。或許文化，也有長榮的可能。

野象

二十一世紀的香港和新加坡，表面上都是繁榮昌盛的城市，但是在看起來勇往直前的衝勁深處，其實又隱藏着一種文化的焦灼。在英國殖民文化所紮下的地基上，眺望中國文化投擲下的巨大輪廓，思索自己手中想建的大樓，究竟該長甚麼樣。傳統和現代怎麼界定又如何銜接、英語和華語孰輕孰重、北京話和閩粵方言能否共存，文化的歸屬，究竟那最深的軸，在哪裏？這一種存在的焦灼，自覺或不自覺，就在各個領域裏流露出來：教育政策、都市規劃和保存、文化政策和藝術教育的辯論等等。

這種焦灼，和這兩個城市的繁榮昌盛，其實是同一條絲綢花被的面和裏吧？殖民主義帶來了現代化的經濟體制，同時也拆解了原來的傳統紋理，留下了文化的頓然失所。十九世紀殖民主義或深或淺的足跡，至今清晰可尋。

寫出「東方主義」對殖民主義深刻批判的薩依德，很小就體會了文化失所的意含。失去了巴勒斯坦這個家，流離到開羅，小薩依德進入開羅的英國學校。這個學校使他「頭一遭體驗到英國人以一個殖民地事業為形式的有組織體系。其中的氣候是全體不帶疑問的唯唯諾諾，教員與學生都一副可恨的奴相……我和校外的英國孩子並無接觸，隔着一條無形界線，他們藏在我不能進入的另一個世界裏。我深深覺得他們的姓名才是『正』名，他們的衣着、口音及交遊也和我完全不同……他們是有家的，而最深意義的『家』，是我一直無緣的東西。」

在英語學校裏，講阿拉伯語是要被歧視、受處罰的。但是他很快發現，用一個語言去解釋另一個語言的世界，是一件極端複雜、困難的事。被迫擁抱一個你無法真正進入的語言，被迫「擱淺」一個你自己身心相屬的語言，結果是一種精神的流離失所，薩依德說，就是變成「永遠的流浪人，永遠離鄉背井，一直與環境衝突，對於過去難以釋懷，對於現在和未來滿懷愁苦。」

薩依德體驗到殖民的文化割裂，是在一九四一年，他上小學。循着足跡再往前行，可以看見一九二八年的聶魯達。

一九七一年的諾貝爾文學獎得主聶魯達，在一九二八年，是智利派駐錫蘭的年輕外交官。他在趕赴宴會的路上，聽見歌聲，從一間黑幽幽的屋子裏傳出。他就叫停了正在奔跑人力車，駐足傾聽。「在黑暗中如泣如訴地顫動，這聲音高到難以置信的高度，便戛然而止，隨即降到像陰影那樣黑暗，融會到雞蛋花香氣中去。」

他到了宴會，英國人穿着高雅的禮服，對聶魯達遲到的原因覺得難解：「音樂？本地人也有音樂？」

聶魯達深深震動：「英國殖民者與廣闊的亞洲世界之間這種可怕的距離，是永無止境的；他還始終表明一種非人道的孤立，表明一種對本地人的價值和生活的完全無知。」

然後聶魯達很仔細地描寫他所目睹的一場大規模獵象行動：農民用火把將大約五百頭野象群逼到森林的一個角落，然後誘進一個大圍場。當大象發現上當時，牠們已經沒有退路。這時，大象退到圍場中央，把母象和幼象圍在中心，有組織地抵抗敵人。「牠們發出馬嘶或刺耳的號聲似的令人痛苦的叫聲，絕望中把最柔弱的樹木連根拔起。」

這時，農民首先讓早被馴服的大象進入圍場，攻擊野象，以便讓獵人趁機把野象的後腿用粗繩拴到樹幹上。野象，就這樣一頭一頭被制伏。但是，制伏之後還要馴服：

被俘的大象好幾天不肯進食。但是獵人瞭解牠們的弱點，讓牠們餓一段時間，然後把牠們愛吃的植物的芽和嫩枝送來，牠們在沒有被俘時曾經在大森林裏長途跋涉去尋找這種食物。大象終於決定吃東西了。大象就這樣被馴服了，而且開始學幹繁重的工作。

我想，聶魯達絕不僅只在談大象。而獵人，也不僅只是英國人。被馴服者對待自己的同類，往往是同一副殖民者的臉，或者更嚴峻。精神一旦失所，不知要花多少時間和智慧到叢林裏再度找回「家」之所在。

一塊乾淨雪白的布

我們坐在半島酒店的咖啡廳裏喝咖啡。服務生倒酒的時候，一隻手注酒，另一隻手彎在腰後，身軀筆直，非常專業。朋友看着杯裏的紅酒徐徐上升，感嘆地說，「我記得，小時候，甚至一直到八零年代，我們走過這個酒店，都還有自卑的感覺，不敢進來。」

於是就談起貧窮的記憶：陋巷裏的家，家裏擁擠不堪的客廳，塞滿了塑膠花和聖誕燈的組合零件。每一個擁擠的客廳裏有一個疲憊的母親，不停地在組合要銷往西方的廉價裝飾品。每一個疲憊的母親腳邊有三四個孩子，需要吃、需要穿、需要上學。每一個孩子都記得，吃過教堂發放的奶粉，穿過麵粉布袋裁成的汗衫，看過母親四處借貸繳學費。香港人的貧窮記憶，和台灣人沒有不同。

每到星期天，香港的酒樓家家客滿，但是客滿的景象不同尋常，到處是三代同桌：中年人扶着父母、攜着兒女而來。星期天的酒樓，是家庭的沙龍。桌上點心竹籠一疊一疊加高，參差不齊，從縫裏看得見老人家的白髮。我總覺得，或許是艱辛貧困、相互扶持的記憶，使得這一代的中年人特別疼惜他們的長者？但是現在年輕的一代，那昂首闊步走過半島酒店、走進豪華商廈、從頭到腳都穿戴着名牌的一代——當他們是中年人時，會以甚麼樣的心情來看待他們的父母呢？是一種被物質撐得過飽後的漠然？還是把一切都看得理所當然的無聊？

印度裔的作家 Suketu Mehta 在新書《孟買得失》裏描寫了這一代的孟買人：每一天，孟買的火車要承載六百萬人次的乘客來來去去。貧民的木棚架設在鐵軌旁，年幼的孩子從床板上爬下來，幾乎就滾到了鐵軌邊。每年有一千個貧民窟的人被火車撞死。那趕火車上班上工的人，擠不進車廂，只好將身體懸在車廂外，兩隻手死命地抓着任何一個可以抓住的東西。電線杆離鐵軌太近，火車奔跑時，懸在車外的人往往身首異處。有一個做手工布風箏的人，不忍見死者暴屍野外，給每一個死者捐出兩碼白布覆蓋屍體。他每個星期四到火車站巡迴，每一年，要捐出六百五十碼白布。年輕的時候，他曾經親眼看見一個趕車上工的人被火車拋下；旁邊的人隨便扯下一塊髒兮兮的廣告布，把屍體蓋住。他覺得太過不堪，「不管信甚麼教」，他說，「一張乾淨雪白的布，是不應該少的。」每一年，四千個孟買人死在鐵軌上。

很多人的記憶中，是有鐵軌的：德國人記得在民生凋敝的二戰後，孩子們如何跟在運煤車的後頭偷偷撿拾從晃動的火車上掉落下來的煤塊。台灣人記得如何跟着火車奔跑，把火車上滿載的甘蔗抽出來偷吃。貧窮的記憶，在事過境遷之後，像黑白片一樣，可能產生一種煙塵朦朧的美感，轉化為辛酸而甜美的回憶。

但是孟買人如何回憶鐵軌呢？你能想像比「被物質撐得過飽後的漠然」更貧乏的存在狀態嗎？

鄉野香港

沙灣徑的宿舍在山腰上，眺望中國南海。每天黃昏，夕陽準時和你在陽台交會。只不過中秋過後，陽光一天比一天淡薄。到了陽曆十月，市場裏原來光溜溜的柚子看起來都皺了皮，太陽就落得更早。下午五點半，南海上方的太陽，因為霧色的煙嵐像水墨一樣暈開，太陽就像一隻剛剛剝開的蛋黃，油澄澄地一枚，懸浮在空中；用目測，感覺它離海面大約是兩株木麻黃的高度；《山海經》裏的木麻黃。

海面有細細的波紋，水光搖晃，像千千萬萬片透明的金屬薄片因風流動。陽光慷慨地刷亮一條水道，金金粉粉地盪開來，先是銀樓裏那種黃金燦燦，然後變成一吹就破的淡得不能再淡的依依緋紅，讓你想起歐洲四月初開的蘋果花。在你出神的片刻，一艘船悠悠滑進了緋紅的光影中央。

中秋前常雨。雨未來，南海上先有演出。風怒起，濃黑的雲一層一層搭出厚厚幕布，天地陡暗。第一聲雷響的時候，你驚一下，趕緊將面東的窗戶一一緊閉，讓雨飄不進來。然後衝到陽台入座，等候。熾熱的陽光其實還在雲後，風逼着捲雲忽東忽西，時開時闔，於是那毫不退讓的陽光，從濃雲不斷變幻的空隙中射向海面，像強光聚光跟蹤光照在一個黑暗而巨大空曠的舞台上，一束一束、一條一條地交錯投擲，配以陣雷的交響，加上風的呼嘯，光，在深藏不漏的海面上忽明忽滅忽張狂。

你在幽暗的陽台上，暴風吹亂頭髮，你凝神注視。

靜下來的時候，黑暗甜蜜地覆蓋着海洋，像一條冬天的厚被。有船在夜航，船身沒入黑暗，只露出幾星孤獨燈火，在空明中無聲滑行，像一場無可言喻的夢境。

從陽台眺望海面，猶如從山上俯視深谷，一片空曠。空曠就是飛鳥的家。老鷹，一定是香港真正的原住民。在香港任何一個點，不論是草木叢生的郊野公園或是人頭鑽動的中環鬧區，你只要站定，抬頭，靜心片刻，就會在山谷的天空裏或是大樓與大樓的空處，看見牠，張着翅膀騎着風，俯瞰你。但是下面萬頭鑽動的人們，很少抬頭望向空曠。

老鷹從陽台前和你擦身而過，近到讓你看見了牠蒼老的眼睛。你倒退一步，彷彿讓路給牠，心中有種不安：你站的地方，本應是屬於牠的山谷和森林啊。有時候，你看見牠落腳在對面的高樓頂端，像老僧靜坐，長久不動。風在吹，草葉在搖晃，海浪在翻起，光影在流逝，蛋黃似的夕陽在三十秒內沉下，你明明白白看見地球在轉。老鷹，仍舊靜坐。

喜鵲若是路過陽台，你一眼就認出。牠長長的尾巴像一隻柄做得太長的湯匙。或許嘴裏銜着人家忘在陽台上的一枚戒指，牠在匆匆趕路，「刷」一下就竄進了樹叢。

若是經過一株瘦瘦的洋紫荊，聽見頭上不那麼悅耳的鳥聲嘈雜，你知道不可錯過，站定。枝椏裏是成群的雪鸚鵡。一身潔淨雪白，頭冠紫醉金迷，卻全沒氣質，在葉叢裏追逐打鬧。其中一個突然開跑，一整群雪鸚鵡「倏」地一聲就衝上了天。

民國香港

沙灣徑不是「徑」，它是一條六米寬的車道，雙向行駛。但是你沿着它走，又有走在小徑上的感覺。它是一條盤在半山上的路，一邊是極陡的山坡，一邊是大海。在微雨後出去散步，可能在徑上遇見肥大的蚯蚓，被雨聲驚動了，和你一樣出來透氣。

有一條狹窄的石階，垂直切下，陡降百尺，兩旁是熱帶叢林。草本的野山芋大得像樹，攤開的葉子濃綠得出油。橡皮樹和巨榕無限擴張，彼此擁抱，又被爬藤像結網一樣緊緊纏住。含羞草放大成參天巨木的尺寸，就是合歡木。鬱鬱蒼蒼，草木奔發，不起眼的蔓藤從樹根底處細細攀爬，重重環繞，爬到叢林綿密的頂冠，迎向陽光開出燦爛的喇叭花，炫耀一片盛氣淩人的紫藍。

雨，打鬆了土，土裏所有的樹根都在深呼吸，放出一股微微的濕潤的土香。這個島，曾經被多密多深的叢林所覆蓋啊，你思索，它究竟在哪裏？

北緯十六度，東經九度的交會點，北京二千公里以南，和巴哈馬、夏威夷、墨西哥市平行。二百三十五個島的聚集，一千零四十二平方公里的土面積，五十平方公里的水面積，七百三十三公里綿延的海岸線。沙灣徑所在的這個島嶼，總共有七十七點五平方公里大，縱走三十八公里，橫行五十公里，每一平方公里上住了一萬八千個人，是人類最擁擠的城市。所以視野所及，無處不是鋼筋水泥在山谷中突兀拔起；無處不是「人定勝天」的驕傲展示。整個島嶼就像是一個攀岩練習場，而每一棟高聳的建築都是結構工程師的畢業展覽，攀岩勝利者插在岩上宣佈佔領的旗幟。山坡上的熱帶叢林用生猛的野氣在提醒：島嶼，本來屬於叢林。誰知道，人和叢林，誰是暫居的過客。

翻過一堵圍堤，到了沙灣。從陽台上遠眺，這似乎是唯一可以讓人碰到海水的地方，現在站在灘上，才發現沙灣其實沒有沙，全是石礫，你穿着涼鞋，覺得石礫割腳，爬堤時還碰破了膝蓋的皮。

竟然有人在海中游泳——海面上任何一個時刻都有近百艘船在航行，排出的廢氣和油漬嚇不了這些人？一個人泅水上了岸，是位老者。他邊拭身邊說話：

在沙灣游了五十年的泳，這是兒時和伙伴戲水的沙灘。從前啊，全是白沙，細細白沙，腳踩上去是軟的。所以這地方叫「沙灣」啊。政府開始填海之後，沙就不見了。水本來很清，看得見大魚翻身，現在髒啦，可是，來了五十年，還是日日來，總是在黃昏，看落日……捨不得走。我八十歲了……

叢林濃密處，露出一段石階，生了厚厚的青苔。你試探着拾階而上，蔓籐纏住頭髮，蛛網黏住了睫毛，林裏有檸檬的酸香蕩漾。石階殘破，到山溝即沒入土丘。山溝裏滿滿是白色的落花，抬頭看，是一株巨大的玉蘭，滿樹香花盛開，風吹時，花瓣紛紛撲落，掉了你一臉。

終於鑽出叢林，正要分辨東西南北回家之路，發現一座樸素的牌樓，「東華醫院義莊」，後面幾行俊秀的楷書：

去年九月二日颶風肆虐義莊　屋瓦遍受摧殘　小徑牌樓　均為傾毀　不獨觀瞻所係抑亦旅櫬難安妥　迺鳩工石材重新修葺　巍峨懷麗　恢復舊觀　玆已告成　略誌其梗概如右。

落款是「中華民國廿七年」。

老樹森森，小徑幽然，再往深處行去，香花樹下有一幅對聯：

到此間權作居停　半是金谷衣冠　玉樓粉黛

向何處同參靜悟　也有離亭風笛　遠寺霜鐘

青煙往上繚繞，香花簌簌落下。一片寂靜。

豔紫荊和島嶼身世

不管在巴士上、計程車裏，還是行山路、逛老街時，我無時無刻不在注意洋紫荊，因為這樹，美得離奇。遠看它，或粉白或紫紅，一片繽紛綽約，好像人世間所有無法一一立案的繁華美好以它為註冊商標。當一整條道路植滿了紫荊花時，長長的枝葉纏綿垂下，因風飄拂，爛漫的紫紅輕佻狂放，讓人暈眩，這真是一場驚世駭俗的、耽溺的、揮霍無度的展覽，美，像海浪一樣撞擊你。

走到一株樹下，抬頭看，風掀起葉子像滿樹綠色的蝴蝶飛舞，張開了翅膀。摘下一片葉子，你看見葉子像貝殼的兩瓣打開，像一顆訴説愛情的心臟，像並蒂相依的肺葉。摘下一朵花，五片纖細秀長的花瓣，其中一瓣像動物發情一樣長得怒紫，紅得衝動。

可是，紫荊的花期怎麼這麼長？為甚麼春天三月時看它花開滿樹，到了深秋十月，到了早冬一月，仍舊看它滿樹花開？朋友説，那是因為洋紫荊不是羊蹄甲，就是紫荊也有好幾種。於是你去查，赫然發現，原來美的註冊商標真的品牌不同。植物學家說：

洋紫荊與羊蹄甲同為蘇木科羊蹄甲屬的植物，長得很像，但是洋紫荊葉色黃綠，葉片大而薄，葉面前端尖。羊蹄甲則葉色較綠，葉片小而厚，有軟毛，葉面前端鈍而闊。此外，兩者的樹幹亦有很大的差異。洋紫荊樹幹有縱裂痕，像樟木，羊蹄甲的樹幹卻有白色的網狀紋路。洋紫荊在秋天十至十一月間開花，花瓣紅紫色，呈倒坡針形。羊蹄甲開花較早，春季四、五月間未長葉先開花，花瓣紅紫色，呈倒卵形。開花時節但見一樹紅花，非常顯眼，故又有印度櫻花之稱。

好，原來春天花開的是洋蹄甲，不是洋紫荊。再找一下台灣的資料，冒出另一個美貌的花名：豔紫荊。誰是豔紫荊？

洋紫荊的花瓣較窄，開花時，花瓣離得較開，有藥雄蕊三枚，花色淺粉紅。豔紫荊花色較鮮豔，是紫紅色，有「香港櫻花」之稱，開花時，花瓣距離，比羊蹄甲的花瓣還開。以花期來看：羊蹄甲花期在一至四月；洋紫荊花期約十至十二月，豔紫荊花期十至三月。羊蹄甲的葉子到了晚上會合攏來，睡覺。以花序來看：羊蹄甲的花序是總狀或繖房花序，腋生；洋紫荊是繖房花序，腋生或頂生；豔紫荊是總狀花序，因是雜交種，故只開花不結果，可以插枝繁殖。

仔細看圖，一一比對，才知道，原來香港所挑選的市花，是「豔紫荊」，姿態比羊蹄甲高傲，顏色比洋紫荊濃豔。比了花瓣再比葉形，比了葉形再比樹幹，比了樹幹再比果實。咦，豔紫荊，因為是雜交種，還真的沒有果實？不會繁衍後代？樹上若是掛着一串一串鼓鼓脹脹的果莢，就不是豔紫荊。

羊蹄甲和洋紫荊其實大片大片點綴着香港的山頭。一百多年前，一個法國傳教士在薄扶林的海邊，發現了一株酷似羊蹄甲和洋紫荊但是比羊蹄甲還高傲，比洋紫荊還濃豔的樹，島上唯一的一株人們不曾見過，沒有名字的美得離奇的樹。可能是海水不經意的吹襲，老鷹偶然的停頓，野猴無聊時胡亂的插枝，颱風呼嘯而過時甩下的斷枝殘果，一個美的新品種，新品牌，靜悄悄地從地面抽出，在陽光和海風裏，盈盈挺立在面海的山頭上。

一個酷愛植物的總督的名字，Sir Henry Blake 就被附加在這個土壤和歷史雜交而生的新品種上成為它的學名：Bauhinia Blakeana，也叫「香港櫻花」。因為是雜交，必須依靠高空壓條法或者硬枝扦插法嫁接，豔紫荊才能繁殖。因此常看見一株豔紫荊下面長着洋紫荊，嫁接混種正在進行中。

一九九七年七月一日香港回歸中國，豔紫荊被認為是香港土生土長的樹種，最能代表香港精神，成為市花。當初選中豔紫荊為香港市花的人，我不免好奇：是否對豔紫荊不能生育繁衍的物種歷史一無所知？或者極端冰雪聰明地知道，那身世的混雜嫁接、出奇的豔麗、憑空而來忽然出現的來歷，繁衍之無法自身完成，每一項特質都正好是這個島嶼的身世傳奇？

真是奇花。

相思黃金週

現實世界看起來是驚天動地的：遠方有戰爭和饑荒，近處有革命和鎮壓，在自己居住的城市，有傳染病的流行和示威遊行，有政治的械鬥和宿敵的和解。人，在馬路上流着汗追趕公車，在辦公室裏不停地打電話，在餐廳裏熱切喧嘩，在擁擠的超市裏尋尋覓覓，在電腦前盯着熒幕到深夜，人，很忙碌。

忙碌到一個程度，他完全看不見與他同時生存在同一個城市裏的族群。不，我不是在說那些來自印尼、菲律賓的保母、看護和管家。她們隱身在建築內，只有在星期日突然出現在公共空間裏。我也不是在說那些尼泊爾人、巴基斯坦人、非洲人，他們隱身在香港看不見的角落裏。我也不是在說從部落來到大城市打工的原住民，隱身在某些區的某幾條街，台北人看不見的地方，也不是在說新疆人，隱身在廣州那樣的老城區拐彎抹角的昏暗巷弄裏。

這些都是大城市裏不出聲的少數族群，而我說的這個族群，更是無聲無息，城裏的人們對他們完全地視若無睹，但他們的數目其實非常龐大，而且不藏身室內，他們在戶外，無所不在：馬路邊，公園裏，斜坡上，大海邊，山溝旁，公墓中，校園裏。但他們又不是四處流竄的民工「盲流」，因為他們通常留在定點。他們是一個城市裏最原始的原住民。

如果說，在政治和社會新聞裏每天都有事件發生，那麼在這個「原住民」族群的世界裏，更是每時每刻事件都在發生中。假使以他們為新聞主體，二十四小時的跑馬燈滾動播報是播報不完的。

如果從三月開始播報，那麼洋紫荊的光榮謝幕可以是第一則新聞。洋紫荊們被選為香港美色的代表，比宮粉羊蹄甲、白花黃花紅花羊蹄甲都來得濃豔嬌嬈。洋紫荊從十一月秋風初起的時候搖曳生花，一直招展到杜鵑三月，才逐漸卸妝離去，但還沒完全撤走，宮粉羊蹄甲們就悄悄上場。一夜之間佔滿枝頭，滿樹粉嫩繽紛，雲煙簇擁，遠看之下，人們會忘情地呼出錯誤的名字：「啊，香港也有櫻花！」

這時候，高挺粗壯的木棉還不動聲色。立在川流不息的車馬旁，無花無葉的蒼老枯枝就那麼凝重地俯視。在路邊等車的人，公車一再滿載，等得不耐煩的時候，四下張望發現了幾個事件：

一株桑樹已經全身換了新葉，柔軟的桑葉舒捲，卻沒有蠶。

桑樹傍着一株鴨腳木，鴨腳形狀輻射張開的葉群已經比去年足足大了一圈。

橡皮樹又厚又油亮的葉子裏吐出了紅色長條的捲心舌頭，支支朝天，極盡聳動。

而血桐，大張葉子看起來仍舊是邋遢的、垮垮的，非常沒有氣質，這時拱出了一串一串的碎花，好像在獻寶。

早上出門時，一出門就覺蹊蹺：一股不尋常的氣味，繚繞在早晨的空氣裏。氣味來自哪裏？你開始調查跟蹤。杜鵑，在一陣春雨之後，沒有先行告知就像火藥一樣炸開，一簇一簇緋紅粉白淡紫，但你知道杜鵑沒有氣味。一株南洋杉，陰沉沉地綠着，絕不是它。低頭檢查一下可疑的灌木叢：香港算盤子、青果榕、鹽膚木、假蘋婆；再視察灌木叢下的草本：山芝麻、車前草、咸豐草、珍珠草，都不可能。但是那香氣，因風而來，香得那樣令人心慌意亂，你一定要找到肇事者。

藏在南洋杉的後面，竟是一株柚子樹。不經許可長出滿樹白花，對着方圓十里之內的社區，未經鄰里協商，逕自施放氣體。

一星期之後，氣體卻又無端被收回。若有所失，到街上行走，又出事了。一朵碩大的木棉花，直直墜下，打在頭上。抬頭一看，鮮紅的木棉花，一朵一朵像歌劇裏的蝴蝶夫人，盛裝坐在蒼老的枝頭，矜持，豔美，一言不發。

到了五一勞動節，你終於明白了新聞裏老被提到的「黃金週」真正的意思。在這一個禮拜，香港滿山遍野的「台灣相思」，同時噴出千萬球絨毛碎花，一片燦燦金黃。

七五九年之冬，杜甫

草木的漢文名字，美得神奇。

一個數字，一個單位，一個名詞，組合起來就喚出一個繁星滿天的大千世界：一串紅，二懸鈴木，三年桐，四照花，五針松，六月雪，七里香，八角茴香，九重葛，十大功勞。

不夠嗎？還有：百日紅，千金藤，萬年青。

最先為植物想名字的人，總是在植物身上聯想動物：馬纓丹，鼠尾草，鵝掌花，牛枇杷，金毛狗，豹皮樟，魚鱗松，豬籠草，雞冠花，鳳凰木，蝴蝶蘭，鷹不撲，猴歡喜。

不夠嗎？還有：五爪金龍，入地金牛，撲地蜈蚣，羊不吃草。

在一個海風懶洋洋的下午，拿出一疊「人造斜坡上或旁邊記錄之植物」表；一個一個野草雜木的名字，隨興搞一搞，就得到行雲流水般的「花間詞」：

白花地膽草，東方槲寄生，刺桐，水茄，七姐果；
密毛小毛蕨，小葉紅葉藤，山橙，崗松，癡頭婆。

或者，讀過這樣的七絕「唐詩」嗎？

蒲桃，綠蘿，山牡丹；麥冬，血桐，細葉榕；
野漆，月橘，飛揚草；黃獨，海芋，鬼燈籠。

有時候，一個詞偶然地映進眼睛，我不得不停下來思索。

「黃獨」？明明在哪裏見過，在哪裏？這又是個甚麼植物？

於是鑽到舊籍裏尋尋覓覓——找到了。

公元七百五十九年的冬天，連年戰亂後又鬧饑荒，已經「飢走荒山道」三年之久的杜甫，近五十歲了，帶了一家老小，跋涉到了甘肅一個叫「同谷」的地方，住了下來。天寒地凍，家人連食物都沒有了。杜甫的詩歌，像一部「饑荒手記」，攝下自己的存活狀態：

有客有客字子美，白頭亂髮垂過耳；歲拾橡栗隨狙公，天寒日暮山谷里。中原無書歸不得，手腳凍皴皮肉死。嗚呼一歌兮歌已哀，悲風為我從天來。

長鑱長鑱白木柄，我生托子以為命。黃獨無苗山雪盛，短衣數挽不掩脛。此時與子空歸來，男呻女吟四壁靜。嗚呼二歌兮歌始放，閭里為我色惆悵。

「天寒日暮」裏，手腳凍僵的杜甫尋找的是「橡栗」，一種不好吃的苦栗子，也是莊子「齊物論」裏頭描述的「狙公」給猴子選擇要「朝三」顆還是「暮四」顆的栗子。「盜跖」篇裏的橡栗，還是早期人類的主食：「古者禽獸多而人少，於是民皆巢居以避之，晝食橡栗，暮棲木上，故名之曰有巢氏。」

窮苦的農民撿拾橡栗的辛酸形象，常常出現在知識分子的描繪裏。唐代張籍就寫過《野老歌》：

老翁家貧在山住，耕種山田三四畝。苗疏稅多不得食，輸入官倉化為土。歲暮鋤犁傍空室，呼兒登山收橡食……

知識分子對農民的勞苦和飢餓表達憐憫之情，但是在杜甫的詩裏，荒野中四顧茫然的知識分子卻是農民悲憫的對象。一頭亂髮的杜甫，孤獨地來到山谷裏，扛着一把鋤頭，想要在白雪覆蓋的地面下，挖出「黃獨」來餵飽家人。可是「黃獨」是甚麼呢？

《中國有毒植物》是這樣介紹的：

黃獨，又稱黃藥子，俗稱本首烏，有毒，誤食或食用過量，會引起口、舌、喉等處燒灼痛，流涎、噁心、嘔吐、腹瀉、腹痛、瞳孔縮小，嚴重者出現昏迷、呼吸困難和心臟麻痺而死亡；也有報導可引起中毒性肝炎。小鼠腹腔注射25.5g/kg塊根的水提取液，出現四肢伸展，腹部貼地，六小時內全部死亡。

圖片裏的黃獨，像一個黑黑黃黃的癩痢腫瘤，很難看。杜甫不可能用這樣的東西餵孩子吧？

然後找到《本草》裏的紀錄：「黃獨，肉白皮黃，巴、漢人蒸食之，江東謂之土芋。」杜甫彎腰在雪地裏挖掘尋找的黃獨，顯然是山藥的一種。

斜坡上的雜花野草，誰說不是一草一千秋，一花一世界呢。

手鐲

這條街把我迷倒了。

一個一個小店，裏頭全部是花邊。世界上，甚麼東西用得到花邊呢？小女孩的蓬蓬裙，老婆婆的褲腳，年輕女郎貼身的蕾絲胸罩，新娘的面紗，晚餐的桌巾，精緻的手絹，讓窗子變得美麗的窗簾，作夢的枕頭套和床罩，教堂裏燭台下的繡墊，演出結束時徐徐降下的舞台的幕，掌聲響起前垂在鮮花下的流蘇……各種大小剪裁，各種花式顏色的花邊，掛滿整個小店。店主正忙着剪一塊布，頭也不抬。他的店，好像在出售夢，美得驚心動魄。

然後是鈕釦店。一個一個小店，裏頭全部是鈕釦。從綠豆一樣小的，到嬰兒手掌一樣大的；包了布的，那布的質地和花色千姿百態，不包布的，或凹凸有致，或形色多變。幾百個、幾千個、幾萬個、幾十萬個大大小小、花花綠綠的鈕釦在小店裏展出，每一個鈕釦都在隱約暗示某一種意義的大開大闔，一種迎接和排拒，彷彿一個策展人在做一個極大膽的、極挑釁的宣言。

然後是腰帶店。一個一個小店，裏頭全部是腰帶，皮的，布的，塑料的，金屬的，長的，短的，寬的，窄的，柔軟的，堅硬的，鏤空的，適合埃及豔后的，適合小流氓的，像莽蛇的身軀，像豹的背脊……

花邊店、鈕釦店、腰帶店、毛線店、領店、袖店，到最後匯集到十三行路，變成一整條街的成衣店。在這裏，領、袖、毛線、花邊、腰帶，變魔術一樣全部組合到位，鈕釦扣上，一件一件衣服亮出來。零售商人來這裏買衣服，一袋一袋塞得鼓脹的衣服裝上車子，無數個輪子磨擦街面，發出轟轟的巨響，混着人聲鼎沸，腳步雜遝。廣州，老城雖然滄桑，仍有那萬商雲集的生動。

就在巷子裏，我看見他。

一圈一圈的人，坐在櫈子上，圍着一張一張桌子，低頭工作。一條巷子，變成工廠的手工區。他把一條手鐲放在桌上，那種鍍銀的尼泊爾風格的手鐲，雕着花，花瓣鏤空。桌子中心有一堆金光閃閃的假鑽，一粒大概只有一顆米的一半大。他左手按着手鐲，右手拿着一隻筆，筆尖是黏膠。他用筆尖沾起一粒假鑽，將它填進手鐲鏤空的洞裏。手鐲的每一朵雕花有五個花瓣，他就填進五粒假鑽。洞很小，假鑽也很小，眼睛得看得仔細。櫈子沒有靠背，他的看起來很瘦弱的背，就一直向前駝着。

男孩今年十六歲，頭髮鬈鬈的，眼睛大大的。問他從哪裏來，他羞澀地微笑，「自貢」。和父母來廣州三個月了。

「他們都以為來廣州賺錢容易，」坐在男孩隔壁的女人邊工作邊說，「其實很難啊。才十六歲，應該繼續讀書啊。」

女人責備的語音裏，帶着憐惜。

「做這個，工錢怎麼算？」

兩個人都半晌不說話。過了一會兒，男孩說，「五粒一分錢。」他的頭一直低着，眼睛盯着工，手不停。

「那你一天能掙多少？」

「二、三十塊，如果我連續做十幾個小時。」

五粒一分錢，五十粒一毛錢，五百粒一塊錢，五千粒十塊錢，一萬粒二十塊。

一萬五千粒三十塊。

那手鐲，在香港廟街和台北士林夜市的地攤，甚至在法蘭克福的跳蚤市場，都買得到。我從來沒想過，手鐲，是從這樣的巷子裏出來的。

很想摸摸孩子的頭髮，很想。但是我說，「謝謝」，就走了。

巷子很深，轉角處，一個老人坐在矮櫈上，戴着老花眼鏡，低頭修一隻斷了跟的高跟鞋；地上一個收音機，正放着哀怨纏綿的粵曲。一隻貓，臥着聽。

為四郎哭泣

經濟學家、社會學家、人類學家可能找得出一百個方式來回答「文化為甚麼重要」這個問題，但是我可以從一場戲說起。

有一天台北演出《四郎探母》，我特別帶了八十五歲的父親去聽。從小聽他唱「我好比籠中鳥，有翅難展；我好比虎離山，受了孤單；我好比淺水龍，困在了沙灘……」，老人想必喜歡。

遙遠的十世紀，宋朝漢人和遼國胡人在荒涼的戰場上連年交戰。楊四郎家人一一壯烈陣亡，自己被敵人俘虜，娶了敵人的公主，在異域苟活十五年。鐵鏡公主聰慧而善良，異鄉對兒女已是故鄉，但四郎對母親的思念無法遏止。悲劇的高潮就在四郎深夜潛回宋營探望老母的片刻。卡在「漢賊不兩立」的政治鬥爭之間，在愛情和親情無法兩全之間，在個人處境和國家利益嚴重衝突之間，已是中年的四郎跪在地上對母親痛哭失聲：「千拜萬拜，贖不過兒的罪來……」

我突然覺得身邊的父親有點異樣，側頭看他，發現他已老淚縱橫，泣不成聲。父親十六歲那年，在湖南衡山鄉下，挑了兩個空竹簍逛到市場去，準備幫母親買菜。路上碰見國民黨政府招兵，這十六歲的少年放下竹簍就跟着去了。此後在戰爭的砲火聲中輾轉流離，在兩岸的鬥爭對峙中倉皇度日，七十年歲月如江水漂月，一生不曾再見到那來不及道別的母親。

他的眼淚一直流，一直流。我只好緊握着他的手，不斷地遞紙巾。

然後我發現，流淚的不只他。斜出去前一兩排一位白髮老人也在拭淚，隔座陪伴的中年兒子遞過紙巾後，將一隻手環抱着老人瘦弱的肩膀。

謝幕以後，人們紛紛站起來，我才發現，啊，四周多的是中年兒女陪伴而來的老人家，有的拄着枴杖，有的坐着輪椅。他們不說話，因為眼裏還有淚光。

中年的兒女們彼此不識，但是在眼光接觸的時候，沉默中彷彿已經交換了一組密碼。是曲終人散的時候，人們正要各奔東西，但是在那個當下，在那一個空間，這些互不相識的人變成了一個關係緊密、溫情脈脈的群體。

在那以後，我陪父親去聽過好幾次的《四郎探母》，每一次都會遇見父老們和他們中年的子女；每一次都像是一場靈魂的洗滌，感情的療傷，社區的禮拜。

從《四郎探母》，我如醍醐灌頂似地發覺，是的，我懂了為甚麼《伊底帕斯》能在星空下演兩千年仍讓人震撼，為甚麼《李爾王》在四百年後仍讓人感動。

文化，或者說，藝術，做了甚麼呢？

它使孤獨的個人為自己說不出的痛苦找到了名字和定義。少小離家老大失鄉的老兵們從四郎的命運裏認出了自己不可言喻的處境，認出了處境中的殘酷和荒謬，而且，四郎的語言——「千拜萬拜，贖不過兒的罪來」——為他拔出了深深扎進肉裏無法拔出的自責和痛苦。藝術像一塊沾了藥水的紗布，輕輕擦拭他靈魂深處從未癒合的傷口。

文化藝術使孤立的個人，打開深鎖自己的門，走出去，找到同類。他發現，他的經驗不是孤立的而是共同的集體的經驗，他的痛苦和喜悅，是一個可以與人分享的痛苦和喜悅。孤立的個人因而產生歸屬感。

它使零散的、疏離的各個小撮團體找到連結而轉型成精神相通、憂戚與共的社群。「四郎」把本來封鎖孤立的經驗變成共同的經驗，塑成公共的記憶，從而增進了相互的理解，凝聚了社會的文化認同。白髮蒼蒼的老兵，若有所感的中年兒女，或者對這段歷史原本漠然的外人，在經驗過「四郎」之後，已經變成一個擁有共同情感而彼此體諒的社會。

人本是散落的珠子，隨地亂滾，文化就是那根柔弱又強韌的細絲，將珠子串起來成為社會。而公民社會，因為不倚賴皇權或神權來堅固它的底座，因此文化便是公民社會最重要的黏合劑。

四千三百年

太疼的傷口，你不敢去碰觸；太深的憂傷，你不敢去安慰；太殘酷的殘酷，有時候，你不敢去注視。

廈門海外幾公里處有一個島，叫金門，朱熹曾經在那裏講學。在二十一世紀初，你若上網鍵入「金門」這兩個字，立即浮現的大多是歡樂的信息：「三日金門遊」、「好金門三千九百九十九元，不包含兵險」、「戰地風光餘韻猶存」、「砲彈做成菜刀／非買不可的戰區紀念品」……知名的國際藝術家來到碉堡裏表演，政治人物發表演說要人們揮別過去的「悲情」，擁抱光明的未來……

我卻有點不敢去，儘管金門的窄街深巷、老屋古樹樸拙而幽靜，有幾分武陵人家桃花源的情致。

金門的美，怎麼看都帶着點無言的憂傷。一棟一棟頹倒的洋樓，屋頂垮了一半，殘破的院落裏柚子正滿樹搖香。如果你踩過破瓦進入客廳，就會看見斷壁下壓着水漬了的全家福照片，褪色了，蒼白了，逝去了。一隻野貓悄悄走過牆頭，日影西斜。

你騎一輛機車隨便亂走，總是在樹林邊看見「小心地雷」的鐵牌，上面畫着一個黑骷髏頭。若是走錯了路，闖進了森林，你就會發現小路轉彎處有個矮矮的碑，上面鑲着照片，已看不清面目，但是一行字會告訴你，這幾個二十歲不到的年輕人在那個鋼鐵一樣的歲月裏被炸身亡。是的，就在你此刻站着的地點。他們的名字，沒人記得。他們鑲着照片的碑，連做那「好金門三千九百九十九元」的觀光一景都不夠格。

車子騎到海灘，風輕輕地吹，像夢一樣溫柔，但是你看見，那是一片不能走上去的海灘；反搶灘的尖銳木樁仍舊倒插在沙上，像猙獰的鐵絲網一樣罩着美麗的沙灘。於是你想起畫家李錫奇，他的姊姊和奶奶如何被抓狂的士兵所射殺。他的畫磅礴深沉，難道與疼無關？於是你想起民謠歌手「金門王」，十二歲時被路邊的炸彈突然爆開炸瞎了他的眼睛、炸斷了他的腿。他的歌蒼涼無奈，難道與憂傷無關？

一九五八年的秋天，這個小小的美麗的島在四十四天內承受了四十七萬枚炸彈從天而降的轟炸，在四十年的戰地封鎖中又在地下埋藏了不知其數目的地雷。這裏的孩子，沒人敢到沙灘上嬉耍追逐，沒人敢進森林裏採野花野果，沒人趕跳進海裏玩水游泳。這裏的大人，從沒見過家鄉的地圖，從不敢問山頭的那一邊有多遠，從不敢想像外面的世界有多大。這裏的人，好多在上學的路上失去了一條手臂、一條腿。這裏的人，好多過了海去買瓶醬油就隔了五十年才能回來，回來時，辮子姑娘已是白髮乾枯的老婦；找到老家，看見老家的頂都垮了，牆半倒，雖然柚子還開着香花。撿起一張殘破的全家福，她老淚縱橫，甚麼都不認得了。

在阿富汗，在巴勒斯坦、安哥拉、蘇丹、中亞、緬甸……在這些憂傷的大地裏，還埋着成千上萬的地雷。中國、美國、俄羅斯、印度……還生產着地雷，兩億多枚地雷等着客戶下訂單。埋下一個地雷，只要三至二十五美元，速度極快；要掃除一枚地雷，得花三百至一千美元，但是——地雷怎麼掃除？一個掃雷員，冒着被炸得粉身碎骨的危險，趴在地上，手裏拿着一根測雷的金屬棒，往前面的地面伸去。一整天下來，他可以清二十到五十平方公尺的範圍。意思是說，要掃除阿富汗五分之一國土的地雷，需要的時間是四千三百年。

金門有一株木棉樹，濃密巨大，使你深信它和《山海經》一樣老。花開時，火燒滿天霞海，使你想頂禮膜拜。

有時候，時代太殘酷了，你閉上眼，不忍注視。

阿拉伯芥

金門人淡淡地告訴你他是怎麼長大的。島上的孩子都沒見過球，球是管制品，因為幾個籃球綁在一起就可以漂浮投共。晚上每個房子都成了轟炸目標，所以每一扇窗戶就得用厚毯子遮起來，在裏頭悄悄説話，偷偷掌燈，四十年如一日。男人會告訴你，吃了四十年的糙米之後，才知道糙米裏加了黃麴素，壓抑人的性衝動，避免軍人出事。女人會告訴你，那一年孩子突然得重病，要用軍機送到台灣治療，不是軍事任務還差點上不了飛機。

黃牛在麥田裏吃草，夜鷺穿過木麻黃林，金門人在砲火隆隆的天空下，在佈滿地雷的土地上，謹慎地戀愛，結婚，養育兒女。現在，觀光業者招徠遊客：金門好玩啊，來看那「生活不怕苦，工作不怕難，戰鬥不怕死」的金門人。同時，台灣島上新一代的勇敢的領袖們開始大聲説話，你打我台北，我就打你上海；你丟一百個炸彈過來，我就丟一百個炸彈過去。語音未落，香港的報紙爭相報導：台灣人資金大量移向香港，半山的房子很多都讓台灣人買下了。

哪一個正常的人願意「生活不怕苦，工作不怕難，戰鬥不怕死」？哪一個正常的人願意放棄自己追求幸福的權利？哪一個正常的孩子不打球？

可是世上六十億人裏，沒有追求幸福的權利的，可能居大多數。如果你是個在板門店附近村子裏上學的小孩，你會聽老師說：來，做一個算數題。三十八度線的中立區那兒草木不生，每一平方公尺——大概一間小廁所的範圍，就埋了二點五顆地雷。中立區長兩百四十八公里，寬四公里，算算看總共有多少顆地雷？

如果你是個在中亞山區生長的孩子，你也無球可打。在塔吉克斯坦、土庫曼斯坦、哈薩克、烏茲別克幾個國家交界的兩千五百平方公里荒涼而蒼老的大地裏，埋藏着三百萬枚待爆的地雷。勇敢的領袖們決定不打仗了，於是地雷就去炸死那赤腳荷鋤的農民，炸斷放學回家的孩子的腿，炸瞎那揹着嬰兒到田裏送飯的母親。

為甚麼不掃雷呢？對不起，沒錢。打仗的時候，領袖們以國家安全和民族主權的崇高理由把軍購費膨脹到極致，仗打完了，屍體還可以收拾乾淨，但是中了毒的大地無法復原；掃雷需要千萬上億的美金，而嬰兒，連奶粉都不夠啊。

全球有兩萬六千人因為誤觸地雷而死亡，大地裏還有一億一千萬枚地雷等着被「誤觸」。丹麥人於是「發明」了一種草，把常見的小草「阿拉伯芥」改動一下基因，這草就變成一種測雷器：阿拉伯芥的根，感覺到土裏頭地雷腐蝕後外洩出的二氧化氮，整株植物會從原來的綠色變成鐵紅色。阿拉伯芥的花粉經過處理之後，花粉也不會擴散繁殖。丹麥人打算在斯里蘭卡、波士尼亞這些飽受摧殘的土地上實驗種植。

種下兩千五百平方公里面積的阿拉伯芥？然後看着美麗青翠的小草一塊一塊從綠轉紅？阿拉伯芥的命運，不也正是金門人、板門店人、阿富汗人的共同命運？我覺得發冷——人對自然、對生命過度地暴虐、褻瀆之後，他究竟還有甚麼依靠呢？如果勇敢領袖們的心裏深埋着仇恨和野心的地雷，敏感的阿拉伯芥又救得了幾個我們疼愛的孩子呢？

我的母親在二十一世紀的香港

八十歲的母親住在屏東潮洲，每天上午由印尼來的露露牽着她的手，走到半公里外的菜市場去買菜。這樣安排，是為了強迫老人出門走走路。

這半公里路有幾個十字路口，沒有紅綠燈，因為車子實在不是太多。一路上，她要經過一家書店，兩家花店，三家二十四小時超商，四家美容院，五家藥房，還有一家銀行。電線杆早已不是木材樹幹，而是灰白色的水泥，一根一根立在街角。杆柱上貼着「趕快懺悔」、「神愛世人」和「南無阿彌陀佛」、「回頭是岸」，緊連着「民間二胎貸款」和「男性入珠」。〔1〕

沒有都市概念裏的人行道，人就走在敞開的馬路上，走過一間一間店舖的門口，看得見店舖裏正拿着飯碗追小孩的婆婆，正躺着吹頭髮的女人，正在涼椅裏打盹兒的老頭，正圍着桌子看電視吃飯的一家人。車子開得都慢，因為時不時一條流浪狗會從一塊空曠地裏闖出來；牠大搖大擺穿過街，也到市場。

母親很慢地穿過一個一個街口，跟花店的女郎點個頭，跟藥店的肥胖老闆說聲「早」，到了菜市場，她習慣性地跟人講價。先假設所有的菜販講的都是騙人的高價，不管他說一斤幾塊錢幾毛錢，一概很肯定地回說「太貴了」。我深信，如果小販說的是「送給你，不要錢」，母親也會搶着說，「太貴了」。小販也行禮如儀，「不貴啦，便宜啦」，成交之後，抓一把蔥塞進母親手裏，然後歡歡喜喜地分手，明天再來啊。

狗，帶着機警的眼神，在肉攤旁巡來巡去。牠在晃動擁擠的人腿之間行走，卻能既不被人踩着，也不踩到人。像魚，在水草中游蕩。

我終於說服了母親來香港暫居。每天放周旋的老歌給她聽，晚上看林黛和樂蒂、凌波的電影，白天陪她出去，看繁華的香港。

她鬱鬱不樂。三天後就糾纏着我，要回家。

為甚麼？我問她，為甚麼？

她望着窗外的大海。陰天，海上一片空濛，大嶼山淡淡溶着天色。她說，「水深，好可怕。」

「好，」我把她拉到屋子的另一扇窗，「那你看這一邊好了。」

這一邊，是山。台灣相思的樹冠蓊蓊鬱鬱，石栗的葉子正綠得出油，白頭翁在樹叢裏竄來竄去。老鷹在玩風，飄上飄下彷彿在測試山谷的深度和廣度。

母親看一眼窗外的山，搖搖頭，說，「山高。好可怕。」

晚上帶她到數碼港吃飯。以數碼科技為名義建造的大樓，外觀像一個太空來的不明飛行體，閃着藍光。走進大樓內部，突然變得幽暗，詭異的光照着地面，使地面像浮動的水面，看不出虛實所在。她緊緊抓着我的手。手扶梯節節上升，頭上的光，像捉摸不着的混沌天體，四周電視熒幕不斷地變換光影。

在一個餐廳內坐下，但很難說是「內」，因為這個空間既不「內」，也不「外」。它是四面穿透的，坐在裏面，看得見外面的形形色色。所有都是透明的，所有都是流動的，所有都是瞬間變換的。牆不是牆，壁沒有壁，自己的那一張方圓小桌，並不讓你覺得它屬於你，反而時時在告訴你，你只不過是那個巨大的空間中的很小的一個點。而且那個空間一直在變動。

義大利麵上來了，加香蒜麵包。母親眼睛卻看着可穿透的遠處說，「你看。」

她看的是一節電梯，節節上升，可是到了頂端，卻空空蕩蕩的，好像一道天梯進入虛無。而另外一個露台，卻又憑空懸着，不知從哪兒來，不知往哪裏去。

這個建築，沒有一根柱子是直的。

「整個房子，」她說，「好像要垮下來一樣。好可怕。」

我在斯德歌爾摩去看一個雕塑家的作品：一隻巨大的手掌托着一個微小的做「躍出」姿態的人。

作品放得很高，我仰頭看，背景是一片冬寒漠漠的黃昏的天空。

我一時泫然。在我們所處的「現代」裏，哪裏還有那一隻手的存在？人一旦選擇了「躍出」，恐怕剩下的，就只有那冬寒漠漠的天空，自己去面對了。

母親的眼裏透着不安。那半節導向看不見未來的電梯，那懸空向虛無敞開的露台，那流動轉換的巨大空間，那拒絕給你承諾和安全的方圓小桌，那讓你看不清虛實的詭異光線、實體的虛擬假做和假象的真實呈現——我突然知道母親害怕的是甚麼了。

她那一代人所相信的，我這一代人大半不再相信。我這一代人所相信的，下一代人大半不再相信。下一代人想相信甚麼？他們自己可能也不知道。人類集體所曾經信賴的，一次海嘯就暴露了那份信賴的脆弱真相。一次一次名目不同的政權的轉換，一場一場以個人或國家為名的戰爭，使崇高的可以變委瑣，鄙俗的可以變偉大；理想主義可以成為投機的手段，而投機者又成功地運轉着歷史；抵抗者可以變成壓迫者，而壓迫者可以永遠地得逞，不受歷史的懲罰。當一切價值都是可以變賣的貨品，當所有的價值都是一種技巧的「後現代」玩弄，你開始渴望緊緊抓住眼前屬於自己的那一張方圓小桌，但是，那張桌，你很快發現，就在一個轉動的大廈裏，你其實正隨着轉動。

二十一世紀的人，好像在乘電扶梯，很有效率地突突上升，在一節通往虛無的電扶梯上。

我買了機票，送母親回屏東。

註：

〔1〕「入珠」意指將堅硬珠球植入男性生殖器官。

作者簡介

龍應台，作家。首任台北市文化局長、首任文化部長。二〇一四年十二月辭官。二〇一五年香港大學禮聘為「孔梁巧玲傑出人文學者」。二〇一七年移居台灣屏東潮州鎮，開始鄉居生活，行走於鳳梨田、香蕉園、大山大海之間，與果農、漁民、獵人、原住民為伍。

攝影：林后駿

龍應台作品

《傾聽》

《目送》

《請用文明來説服我》

《天長地久—給美君的信》

《大江大海—1949》

《龍應台的香港筆記》

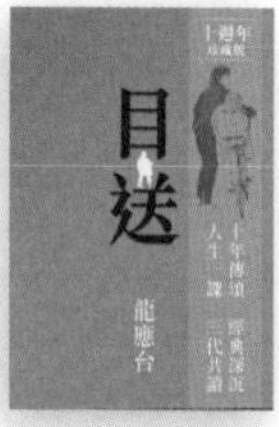

《目送》(十週年珍藏版)

《野火集》

《親愛的安德烈》

《大江大海》(十週年珍藏版)

《美麗的權利》

《孩子你慢慢來》

天地
www.cosmosbooks.com.hk

書　　名　龍應台的香港筆記（修訂版）（第二版）
作　　者　龍應台
責任編輯　顏純鈎
封面設計　郭志民
出　　版　天地圖書有限公司
香港黃竹坑道46號新興工業大廈11樓（總寫字樓）
電話：2528 3671　傳真：2865 2609
香港灣仔莊士敦道30號地庫 / 1樓（門市部）
電話：2865 0708　傳真：2861 1541
印　　刷　亨泰印刷有限公司
柴灣利眾街27號德景工業大廈10字樓
電話：2896 3687　傳真：2558 1902
發　　行　香港聯合書刊物流有限公司
香港新界大埔汀麗路36號中華商務印刷大廈3字樓
電話：2150 2100　傳真：2407 3062

出版日期　2015年7月初版 / 2020年7月 精裝 第二版

ISBN 978-988-8547-82-1
原版初版：2006年11月